KB078573

승유 장편 소설

FUSION FANTASTIC STORY

월드 플레이어

WORLD PLAYER

월드 플레이어 4

승유 장편 소설

초판 1쇄 찍은 날 § 2015년 9월 11일
초판 1쇄 펴낸 날 § 2015년 9월 18일

지은이 § 승유
펴낸이 § 서경석

편집책임 § 한준만

펴낸곳 § 도서출판 청어람
등록번호 § 제387-1999-000006호
등록일자 § 1999. 5. 31
어람번호 § 제1-2224호

주소 § 경기도 부천시 원미구 부일로 483번길 40 서경B/D 3F (우) 420-822
전화 § 032-656-4452 팩스 § 032-656-4453
http://www.chungeoram.com
E-mail § chungeorambook@daum.net

ⓒ 승유, 2015

ISBN 979-11-04-90402-8 04810
ISBN 979-11-04-90304-5 (세트)

승유 장편 소설

FUSION FANTASTIC STORY

월드 플레이어 ④

WORLD PLAYER

도서출판

청어람

월드 플레이어
WORLD PLAYER

CONTENTS

제1장
케인(Kane)

　매스컴의 대대적인 보도 속에 로즈마리의 리더였던 이세
경은 여론의 뭇매를 맞았다. 동시에 그녀의 가족들과 지인
에 대한 맹비난이 이어졌다.

　그녀와 로즈마리의 간부들이 저지른 악행에 대한 보도가
계속되면서, 이런 '괴물'이 생기는 것을 막지 못한 가족과
지인들에게도 책임이 있다는 일종의 마녀사냥이 시작된 것
이다.

　체포된 전원은 특별 교도소에 수감됐다. 그들은 보안 대
책이 확실하게 되어 있는 교도소 안에 수감된 채, 앞으로

살아가게 될 것이다. 각자에게 스피어는 존재하는 만큼, 스피어를 출입하는 것 자체는 자유였다.

하지만 단체 퀘스트는 허용되지 않았다. 모두 독방에 격리된 채로 수감됐기 때문이다. 그들이 할 수 있는 건 매 랭크마다 1번씩 도전하게 되는 불특정 다수를 상대로 한 단체 퀘스트가 협동 퀘스트의 전부였다.

한편 동원은 케인의 입국을 기다리는 동안 대기 시간에 맞춰 한 차례의 퀘스트를 끝냈다. 그리고 자신이 미처 확인하지 못했던 얼티밋의 현실에서의 대기 시간에 대한 확인도 끝냈다.

다른 기술들은 전부 스피어와 현실에서의 대기 시간이 똑같게 적용되었지만 얼티밋은 조금 달랐다.

현실에서 얼티밋을 사용했을 경우, 동원과 같이 특수한 버프가 있는 상태가 아니라면 다음 퀘스트를 수행하고 나와야만 초기화가 됐다.

즉, 스피어에 입장을 하고 나오면 다시 현실에서 얼티밋을 사용할 수 있게 되는 것이다.

스피어 내에서 얼티밋을 사용했다고 하더라도, 다시 현실로 복귀하면 얼마든지 사용이 가능했다. 스피어의 대기 시간은 8시간, 16시간, 24시간의 간격으로 순차 적용이 되는 만큼 이에 맞춰 현실에서의 사용 가능 여부를 생각할 수 있었다.

때문에 동원은 훗날 만약에 스피어러를 상대로 이세경 때와 비슷하게 전투를 치르게 될 경우, 상대 스피어러의 스피어 입장 시간을 염두에 두어야 한다는 사실을 알아차렸다.

이를테면 스피어에 입장하기 직전에 얼티밋을 사용하고, 입장하여 퀘스트를 수행하고 난 뒤 다시 밖으로 나와 얼티밋을 사용하는 것이 가능하기 때문이다. 최적의 '역공' 방법이었다.

본인 입장에서는 시간이 한참 흐른 뒤의 반격이지만, 상대의 입장에선 스피어를 입장하며 시간이 멈추고 눈 깜짝할 사이에 변화가 생겨 되돌아오는 일격이기 때문이다.

물론 위기 상황과 맞물려 이런 최적의 타이밍이 나올 수 있는 가능성은 높지 않았지만, 동원이 어렵지 않게 경우의 수를 떠올릴 만큼 언젠가 이런 방식으로 자신 혹은 주변 사람들을 상대할 자들이 나올 것임은 충분히 유추가 가능했다.

한편 동원의 주변 인물들의 거취에도 변화가 있었다.

가장 먼저 움직임을 보인 것은 황찬성과 황찬열이었다.

두 사람은 기존에 있던 클랜을 탈퇴한 뒤, 서희의 블랙 헌터로의 가입을 마쳤다. 기존에 두 사람이 소속되어 있던 클랜이 가온으로의 합류를 결정하면서, 클랜원들에게 자율적으로 선택할 권한을 준 것이다.

김혁수에 대해서 좋지 않은 시선을 가지고 있는 두 사람의 입장에서는 가온으로 가는 것은 좋은 선택지가 아니었고, 자신들이 접해보고 정보를 수집한 클랜 중에서 가장 마음에 들고 평판이 좋은 서희의 블랙 헌터를 미련 없이 선택했다.

그 바람에 두 형제는 동원이 사는 곳과 그리 멀지 않은 곳에 새로이 방을 구했는데, 황찬열의 말에 따르면 김단비가 살고 있는 집과 5분도 채 되지 않는 거리라고 했다.

황찬성은 좋은 방을 구하다 보니 우연히 그리 된 것이라며 둘러댔지만, 아무래도 수상하다는 것이다. 동원은 부러우면 너도 빨리 연애를 시작하는 게 좋겠다, 라는 말로 황찬열의 걱정을 '빙자한' 질투를 지적해 주었다.

황찬성과 김단비의 핑크빛 기류는 지켜보는 제3자의 입장에서는 오히려 즐거운 일이었다. 내심 두 사람이 어떤 커플이 될지 궁금하기도 했다. 그 누구보다도 남자를 잘 아는 여자와 한 여자를 충분히 지켜줄 수 있는 듬직한 남자. 잘 어울리는 그림이었다.

한편 김윤미 역시, 이번 일을 계기로 블랙 헌터에 가입하게 되었다. 동원만큼이나 서희에게서도 직접적인 도움을 받은 김윤미는 지난번 빅 웨이브 당시, 블랙 헌터의 클랜원들과 한 번 손발을 맞춰 본 경험이 있었다. 모르는 얼굴들이 아니었던 것이다.

스페셜 스피어와 스페셜 던전이 등장하면서, 이제 스피어러들에게 안정적으로 두 가지를 약속할 수 있는 클랜의 존재는 매우 중요해지고 있었다. 클랜 가입은 선택이 아닌 필수에 가까웠다.

김윤미가 이를 모를 리 없었고 서희는 적극적인 구애 끝에 김윤미를 자신의 클랜에 가입시킬 수 있었다. 이렇게 해서 실력 있는 세 명의 스피어러가 블랙 헌터에 추가로 가입했다. 상당한 전력 보강이었다.

이유리는 잠시 자리를 비웠다.

여러 가지로 신경을 쓸 일이 많은 시기였지만, 그녀를 어렸을 적부터 애지중지하며 아끼던 그녀의 외조부가 지병으로 인해 세상을 떠났던 것이다. 소식을 듣고 바로 부모님과 함께 부산에 내려간 그녀는 사흘 뒤에 올라올 예정이라고 했다.

예상했던 이별인 만큼 당황하지는 않았지만, 그래도 과거를 기억을 떠올리며 이유리는 한참을 슬퍼했다. 사랑하는 외손녀가 대한민국의 양궁 국가대표로서 꾸준히 좋은 성적을 내주길 누구보다도 바랐던 외할아버지였기 때문이다.

동원은 서둘러 떠나는 이유리를 만나 조의금을 전달해 주고 그녀의 아픈 마음을 달래주었다. 사랑하는 가족을 잃는다는 것, 그것은 예견하고 있었던 일이라고 해도 슬플 수밖에 없는 일이었다.

이미 어렸을 적, 그렇게 부모님을 떠나보낸 기억이 있는 동원으로선 이유리의 아픈 마음이 그 누구보다도 이해가 갔다. 동원은 슬퍼하는 이유리의 이야기를 들어주고 그녀를 위로해 주고 편하게 그녀가 장례식을 다녀올 수 있도록 힘을 실어주었다.

이유리의 외할아버지에 대한 소식을 들으니, 동원은 문득 10년 전의 기억이 떠올랐다.

외아들이었던 자신을 그 누구보다도 아끼고 사랑해 주었던 부모님. 두 분을 사고로 떠나보냈던 일이 벌써 10년 전의 일이었다.

갑작스런 이별, 준비되지 않은 이별은 동원의 마음을 송두리째 흔들어 놓았다.

그래서 더 복서로서의 꿈을 키우기 위해 악바리처럼 달려들었는지도 모른다. 하지만 현실은 악과 깡으로 뭉친 근성만으로 받아들여 줄 만큼 녹록치 않았다.

그래서 복서로서의 꿈을 접었을 때, 방황의 시간도 길었다.

스피어러로서의 삶은 동원에게는 인생의 전환점이었다. 그리고 지금은 묵묵히 자신과 주변 사람들의 미래를 대비하고 준비하며, 변함없이 스스로를 더욱 강인하게 만들어 나가고 있었다.

동원은 장례식을 치르고 있을 이유리에게 부담이 되지 않도록, 힘내라는 말과 함께 끼니는 꼭 거르지 말고 챙겨먹으라는 당부의 문자 메시지 하나를 남겼다.

그녀에게는 인맥이 많은 만큼, 아마 사흘의 시간이 눈코 뜰 새 없이 바쁜 시간이 될 것이다.

*   *   *

"동원 씨, 감사해요. 그날 동원 씨가 마침 저를 만나러 편의점에 왔던 것이 행운이었어요. 그러지 않았더라면 연락조차 하지 못했을 테니까⋯⋯."

"윤미 씨의 현명한 임기응변이 지금의 상황을 만든 거죠.

아주 좋은 판단이었어요. 침착하게 잘 대처했어요. 잘했어요."

하루 종일 비가 올 것처럼 흐릿했던 날씨 탓에 동원의 집 근처에 있는 놀이터에는 일찍 아이들의 발걸음이 끊겼다. 동원은 저녁 무렵에 김윤미를 만나 이야기를 나누고 있었다.

그녀는 서희의 배려로 공실(空室)로 있는 서희의 바로 옆집에 새로운 거처를 꾸렸다. 대다수의 블랙 헌터 클랜원들이 근처에 집을 구해 살고 있었기 때문에 문제될 것은 없었다.

다만 클랜에 소속된 여성 스피어러는 아직까진 서희와 김윤미가 전부였기 때문에, 서희는 좀 더 가까이서 긴밀하게 여동생처럼 김윤미를 챙겨줄 수 있도록 옆집을 구해준 것이다.

"보고 들은 것들을 앞으로 조사에서 남김없이 이야기할 생각이에요. 마땅한 벌을 받아야죠."

김윤미의 눈빛은 단호했다. 다른 것은 몰라도 로즈마리에 관련된 일에 대해서만큼은 그 어떤 증언이나 수고로움도 아끼지 않겠다고 했다. 그녀의 두 눈으로 직접 그들의 악행을 보고 체험했기 때문이다.

덕분에 김윤미는 기자들의 인터뷰 요청에 응하기 위해,

내일부터 눈코 뜰 새 없이 바쁜 시간을 지내야 할 판이었다. 피해자들 중에서는 김윤미가 가장 적극적으로 로즈마리의 문제들에 대해 성토했기 때문이다.

몇몇 피해 스피어러 중에는 정신적인 충격을 입어 별도의 정신 치료까지 받는 경우도 있었다. 그런 스피어러들에게 증언이나 취재 요청을 하기는 힘들었다.

"서희 씨는 윤미 씨의 재능을 알아보는 사람입니다. 언니로서, 그리고 리더로서 빈틈없이 관리해 줄 겁니다. 긴장하지 말고 잘 적응했으면 해요."

"그렇겠죠……?"

로즈마리 사건으로 한 번 데인 경험이 있는 탓인지, 김윤미는 살짝 걱정하는 눈치였다.

하지만 동원이 직접 서희에 대한 신뢰를 보여주니 마음이 한결 놓였다.

동원은 자신을 위해 죽을 위험을 무릅쓰고 직접 달려와 이세경을 처리하고 구해준 사람이었다. 김윤미는 다른 사람의 말을 믿지 못해도, 동원의 말은 어떤 말이든 믿을 수 있을 것 같았다.

자신을 구해준 생명의 은인이기 때문일까? 김윤미는 동원을 볼 때마다 고맙고 감사한 마음과는 별개의 감정이 드는 것을 느꼈다.

이유 불문하고 자신을 구하러 달려와 준 남자, 동원에게 깊은 마음의 이끌림을 느낀 것이다.

착각이라고 생각했다. 죽을 곳에서 살아 돌아온 것에 대한 안도감이 동원에 대한 고마움과 맞물려, 호감처럼 느껴지는 것이라고 생각했다. 하지만 그렇게 생각할수록 더욱 동원에게 다가가고 싶은 생각이 들었다.

동원이 가진 뛰어난 실력과 화려한 뒷배경 때문은 아니었다. 그녀는 편의점에서 일을 시작한 이후로 일주일 중 다섯 번의 새벽엔 늘 동원을 만났다. 비록 짧은 대화이기는 했지만 꾸준한 교감이 있었고 그렇게 알아온 시간이 벌써 반년이었다.

하지만 김윤미는 이내 고개를 저었다.

이건 아니다. 감정의 선후가 잘못됐다. 동원에 대한 고마움과 감사함, 그 외의 감정을 가져야 할 때가 아니다.

너 지금 뭐하는 거야, 도대체 무슨 생각을 하고 있는 거야. 이제 좀 살 만해지니까 딴 생각이 들어? 김윤미는 스스로를 그렇게 다그쳤다.

"무슨 생각해요?"

잠시 하던 말을 멈추고 생각에 골몰히 빠진 김윤미가 멍한 표정을 하고 있자, 동원이 분위기를 환기시켰다.

"아니에요, 아무것도."

"힘든 부분이 있으면 언제든 내게 얘기해요. 서희 씨뿐만 아니라, 유리도 많은 도움을 줄 수 있을 겁니다."

"유리 씨… 그러고 보니 유리 씨의 슬픔이 오래가지 않았으면 해요. 경황이 없을 텐데."

"본인이 괜찮다고 했으니 별일 없을 겁니다. 누구보다도 냉정하고 차분한 사람이니까."

동원의 말에선 이유리에 대한 믿음과 신뢰가 느껴졌다. 서희에 대한 이야기를 할 때도 그랬다. 김윤미는 자신도 동원에게 그런 의미의 사람이 될 수 있기를 바랐다.

"숙소로 돌아가 볼게요. 클랜 분위기에도 다시 적응하고 앞으로 직접 통제에 참여해야 할 포탈도 다시 한 번 둘러볼까 해요."

"그래요. 가까우니까 언제든 연락해요."

"감사해요, 동원 씨."

"백랑이에게도 안부 전해주세요."

"후훗, 그렇게 할게요."

그렇게 두 사람의 대화는 담백하게 끝이 났다.

김윤미가 무어라 중얼거리자, 이내 두 사람의 앞에 백랑이 모습을 드러냈다. 녀석은 못 본 사이에 더 많이 우람해져 있었다. 날카롭게 솟아올라 있는 발톱에서는 강력한 살의가 느껴졌다.

김윤미는 아직 껍질도 까보지 않은 양파처럼 많은 잠재 능력을 가진 스피어러였다. 동원이 그렇게 생각했고 서희 역시 그렇게 생각했다. 그래서 앞으로가 더 기대되는 사람이었다.

동원은 김윤미가 성공적으로 블랙 헌터 클랜에서의 생활에 적응해, 빠르게 앞으로 치고 나가기를 바랐다.

결국 스피어러의 핵심은 얼마큼 더 강해지고 얼마큼 더 생존할 확률을 높이느냐다. 다른 건 없었다.

제2장
오염지대

　"후후, 이제 겨우 대한민국의 날씨에 적응을 하나 싶었는데. 여자도 아니고 남자 소개라니… 케인도 어지간히 할 일이 없는 모양인데."

　같은 시각.

　한 남자가 케인으로부터 도착한 메일 한 통을 받고는 웃음을 지었다.

　약속한 날이 다가왔다.

　동원이 케인을 만난 것은 아침 무렵, 김포 공항에서였다.

케인은 마중 나올 것 없이 자신이 직접 동원에게 찾아오겠다고 했지만, 그 말을 듣고 가만히 있을 동원이 아니었던 것이다.

반가운 재회. 두 사람은 만나자마자 서로를 격하게 끌어 안았다. 서로 간의 정은 각별했다. 처음으로 도전했던 하드 모드의 단체 퀘스트에서 두 사람은 죽을 고비를 함께 넘기며 싸웠고 극한의 상황에서 자신보다 서로를 걱정해 주었다.

그날의 인연이 계기가 되어 지금까지 우정이 이어져 왔고 그때만 해도 평범한 스피어러에 불과했던 두 사람은 각기 다른 모습이 되어 마주하고 있었다.

"반갑다, 동원."

"케인… 그런데 어떻게 한국어를?"

"후후, 몰랐나 보군. 스피어 내에서 구매 가능한 것 중에 언어 능력도 존재해. 필요한 언어를 추가할수록 구매 비용이 증가하지만 말이야. 다만 기타 물품 쪽에서 한참을 뒤져야 나오는 선택지니 모를 만도 하지."

"그럼 언어 능력을 구매해서 지금처럼 한국어를 할 수 있게 된 건가?"

"그렇지. 보통 대다수의 스피어러들은 영어를 배우는 것 같지만 말이야. 너를 만날 일도 있고 개인적으로 한국에 대한 호기심도 있고 해서 지난번에 구매를 했던 거다. 어차피 비용을 마련하는 거야, 클랜 차원에서 스피어 한 번 밀어주면 되는 거니 어려운 일도 아니고."

"한국인 여자 친구가 생겨서 대신 통역을 해줬다거나 그런 게 아니었군."

"후후, 스피어러에게 연애는 사치지. 언제 죽을지 모르는데. 안 그래? 어쨌든 반갑다. 보고 싶었다, 동원."

케인이 다시 한 번 동원의 손을 맞잡았다. 동원 역시 격한 포옹으로 케인을 맞이하는 기쁨을 드러냈다.

미리 준비해 온 차에 케인을 태운 동원은 공항을 빠져 나온 뒤, 오는 길에 미리 봐두었던 조용한 카페로 이동했다. 남자 둘이 만나서 서울 길을 따라 드라이브를 할 것까진 아니었기 때문이다.

카페 안에 들어간 두 사람은 구석진 조용한 자리에 앉고는 입맛에 맞게 마실 것들을 시켰다.

이유리를 만나면서 부쩍 커피에 대한 관심이 커진 동원은 입에 가장 잘 맞는 코스타리카산 원두로 만든 커피를 시켰다. 반면에 케인은 카라멜 카페모카에 시럽을 듬뿍 추가한 주문을 넣었다. 단 것을 아무리 좋아한다고 하더라도, 주문만 들으면 억 하는 소리가 나오게 할 법한 주문이었다.

케인은 동원을 따라 이동하는 와중에도 수시로 초콜릿을 입에 물고 있었는데, 단것을 좋아하게 된 건 오래된 일이라고 했다. 항상 입 안에 초콜릿이나 사탕이 들어 있지 않으면, 불안하다고 했다. 언제부터인가는 징크스처럼 되어버려, 먹고 있지 않으면 되던 일도 잘 안 풀리는 것 같다는 것이다.

사실 동원이 무신경했을 뿐, 많은 스피어러들이 저마다의 징크스를 가지고 있었다. 스피어에 입장하기 전에 향을 하나 피우는 스피어러도 있었고 절대 샤워를 하지 않는 스피어러도 있었다. 좋은 기운이 다 씻겨져 나간다고 생각했기 때문이다.

이 정도는 약과였다. 죽으면 안 된다고 해서 '죽'을 절대 입에 안 대는 스피어러도 있었고 영화나 드라마를 볼 때 죽는 장면은 절대 안 보는 스피어러도 있었다. 정말 다양했다.

케인의 저런 행동도 징크스의 일종이었고 동원은 충분히 이해가 갔다. 오히려 이렇다 할 징크스 하나 없는 자신이 이상하게 느껴질 정도였으니까.

"이번에 한국에서 클랜 하나가 개박살이 났더군. 딱 봐도 벼르고 있었던 게 눈에 보이던데. 한국은 슬슬 가온이 주도권을 확실하게 가져가는 느낌인데, 맞지?"

"가온을 빼놓고 클랜 얘기를 할 수가 없지."

"그런데 왜 아직도 소속이 없는 건데? 네 능력이 아깝지 않아?"

"이제 클랜의 중요성을 느껴가고 있는 중이야. 하지만… 여전히 내게 클랜은 부담스러운 존재이기도 해."

"다들 이익을 추구하고 질서 유지와 지구 평화, 정의 구현 같은 개똥철학에는 관심이 없는 것 같아 보여서? 후후."

"개똥철학까지는 아니지만, 클랜과 이익 추구는 떼려야 뗄 수 없는 상관관계와도 같으니까."

"동원, 내가 처음 만났던 그때도 얘기했지. 넌 너무 순수해. 물론 이제는 순수하다는 말로는 통하지 않을 엄청난 괴물이 되었지만 말이야. 나는 남들과는 다르다, 이게 항상 옳다고 할 수만은 없어. 왜 스피어러들이 클랜에 들어가고 클랜의 이익 추구에 함께 동참하려고 할까? 결국 답은 하나야. 더 강해지고 싶어서지. 동원, 네가 혼자 활동을 한다고 해서 강해지는 방법이 다를까? 결국 너도 스피어와 스페셜 스피어를 획득해서 강해지려고 하는 거지. 클랜은 이제 선택이 아닌 필수야. 그리고 클랜 간의 경쟁과 이권 다툼도 일종의 생존 경쟁이지. 이런 경쟁에서 도태될 클랜과 스피어러들이라면, 어차피 나중에는 모두 죽어."

"냉정한 한마디 말이로군."

동원은 차분한 어조로 말을 이어가는 케인의 말을 집중해서 들었다. 이번 일을 겪으면서 클랜에 대한 생각도 달라진 동원이었다. 이제는 케인의 말이 충분히 이해가 갔다.

"네 능력이 너무 아까워. 충분히 더 키울 수 있는 방법이 있잖아. 고민해 봐. 그리고 이미 너와 커넥션이 있는 클랜도 있는 것으로 알고 있다. 네가 상당히 주도적인 역할을 하는 것으로 알고 있고. 그 클랜을 염두에 두는 게 좋아보여. 클랜이라는 이름에 부담 가질 것 없다. 네가 대한민국의 소속인 게 당연하듯, 스피어러에게 클랜이 있는 것도 당연한 거야. 혹시나 내 말이 강요하는 듯한 말투로 들렸다면, 미리 사과하지."

"좋아. 깊이 고민해 볼게. 안 그래도 요즘 많은 생각들을 하고 있으니 말이야. 강요로 들은 것도, 기분 나쁘게 들은 것도 아니니 걱정할 것 없다."

"후후, 그래서 널 좋아하다니까. 아, 친구로서 말이야. 남자로서 말고."

케인이 딱딱해진 분위기를 풀기 위해 농을 던졌다. 동원도 환한 웃음으로 케인의 농을 받아주었다.

클랜(Clan).

지금까지 동원이 의도적으로 멀리해 왔던 이름이었다.

하지만 케인의 말대로 더 이상 홀로 활동을 이어가기에

는 불가피하게 마주쳐야 하는 문제들이 생겨나고 있었다. 당장에 각 포탈에서 출몰하는 네임드형 변이체를 상대하는 것도 비클랜원인 동원으로서는 할 수 없는 일이기도 했다.

거취를 정해야 했다.

케인의 말처럼 클랜은 이제 선택이 아닌 필수가 되어가고 있었다. 강해지는 게 목표라면, 그리고 그것을 최우선의 목적으로 삼고 있는 자신이라면… 이제는 그래야만 했다.

*   *   *

10분 정도의 시간이 지나고.

카페의 점원이 커피를 내온 뒤, 한 모금씩 들이켜고 난 두 사람은 중요한 본론에 대한 이야기를 시작했다. 운을 먼저 뗀 것은 케인이었다.

"이번에 한국에 널 보러 들어오게 된 이유가 있어. 우선 지금 우리 히어로즈 클랜에서는 각국의 퍼스트 네임드 슬레이어와 상위권에 랭크된 스피어러들을 중심으로 접촉을 하고 있다."

"스카우트?"

"아니, 널 제외하면 대다수의 퍼스트 네임드 슬레이어들은 클랜에 소속되어 있거나 클랜의 리더가 되어 있지. 그런 간단한 문제를 가지고 접촉하려는 게 아니야. 훨씬 심각한 문제지."

"말해 봐."

"오염지대에 대한 이야기를 들어봤어? 매스컴이라던가 혹은 아는 소식통을 통해서 말이야."

"전혀. 포탈 근처에 형성된 안개 지대를 두고 오염 지대 라고 하는 것은 아닐 테고."

"아냐. 그거와는 별개지."

"그럼 없는 것 같다."

동원이 고개를 저었다. 오염지대. 처음 듣는 이야기다.

"아직까지 대외적으로 떠들썩하게 알려진 사실은 아니 야. 경우에 따라서는 필요 이상의 두려움과 공포를 야기시 킬 수 있다고 각국의 정부가 판단하고 있는 것 같거든. 얼 마 전, 남태평양 인근의 섬 하나에서 포탈이 발견됐어."

"하지만 그 포탈 주변이 다른 곳과는 달랐던 건가?"

"맞아. 포탈과 안개는 각 나라마다 존재하는 것이니 특별 할 것은 없었지. 하지만 문제는 그 포탈이 위치한 섬, 그 섬 자체가 아주 거대한 오염지대로 변했다는 거야. 우리는 섬 을 떠올리면 보통 녹색 풀숲과 투명할 정도로 맑은 바닷물 을 떠올리게 되지. 하지만 그곳은 우리가 생각하는 섬과는 달랐어. 이곳이 우리가 사는 곳이 맞나 싶을 정도로."

"오염지대라⋯⋯."

동원이 케인이 말했던 단어를 다시 한 번 되뇌었다. 느낌이 좋지 않았다. 이름부터 불길한 느낌이 들 정도로.

"섬 자체가 변했어. 식생도 달라졌고 나무와 풀들도 기형적으로 변했지. 섬 전체에 짙게 끼어 있는 안개는 포탈 근처의 안개처럼 가까이 다가가면 변이가 이루어지는 그런 안개는 아니지만, 상당히 숨을 쉬기가 힘들게 만들어. 마치 인간을 위한 공기가 아닌, 다른 누군가를 위한 공기인 것처럼. 그 과정에서 섬 안에 있던 다수의 동물들과 곤충들, 식물들이 전부 변이가 됐는데… 우리가 지금껏 마주했던 것들과는 비교도 안 될 정도로 거대하고 강력해."

"내부 탐사는? 아직 해보지 않은 건가?"

"선발대 차원에서 사형을 선고받은 스피어러 죄수들이 투입됐어. 은밀하게 진행된 일이지. 선발대는 입구에서 전원 변이체들의 공격으로 사망했어. 물론 그 녀석들은 F랭크이거나 E랭크 초반으로 쓸 만한 전력은 아니었지만, 탐사 자체를 시작해 보기도 전에 죽은 거야."

"음… 이제 어떤 이야기일지 짐작이 갈 것 같다."

동원이 고개를 끄덕였다.

그러자 케인이 시럽이 듬뿍 들어간 달달한 카페 모카 한 잔을 쭉 들이켜고는 말을 이었다.

"지금까지의 흐름으로 보면, 변이체들이 대형화되거나 까다로운 녀석들이 등장할수록 그에 대한 보상이 늘어났어. 대표적인 것이 빅 웨이브 이후로 포탈에서 등장하기 시작한 네임드들이지. 한국에서는 그것을 아수라라고 부르던가? 이제는 스페셜 스피어를 주는 개체들이 나타났잖아. 지금 우리는 오염지대에서 지금 포탈을 통제하면서 얻는 것과는 비교도 되지 않을 엄청난 보상을 얻을 수 있지 않을까 추측하고 있다.

"하지만 탐사가 이뤄지지 않았으니, 사전 정보는 하나도 없는 것이나 마찬가지일 텐데."

"계속해서 조사 중이야. 그리고 준비가 되면, 각 국에서 최정예로 선발된 팀을 꾸려 진입해 볼 예정이다. 오염지대가 생겼다는 건 스피어를 획득해야 하는 스피어러 입장에서는 희소식일지 몰라도, 인류 전체로 보면 안 좋은 소식이지. 최대한 빨리 그 안에 도대체 무엇이 있는지, 왜 이런 현상이 생겼는지를 알아볼 필요가 있어."

"산 넘어 산이군."

"그게 우리 스피어러들의 삶이다, 동원."

케인이 전해준 소식은 분명 단 한 번도 들어본 적 없는 이야기였다. 아마 조금의 정보라도 있었더라면, 소식통이 빠른 서희가 가장 먼저 자신에게 이야기를 해줬을 것이다.

케인의 말대로 워낙에 중대한 사안이기 때문에 정부 차원에서도 이 문제에 대해서는 쉬쉬하고 있는 것 같았다. 포탈이 생겨난 것만으로도 대한민국 전역이 두려움에 떨었다. 여기서 오염지대에 대한 이야기가 더해진다면… 그때부터는 걷잡을 수 없는 혼란이 찾아올지도 모른다.

"오염지대에 대한 조사가 끝나면 대대적인 진입 작전이 시작될 거야. 그때 네 도움이 필요하다. 사람들은 가온의 리더를 랭킹 1위로 알고 있는 것 같지만, 글쎄. 나는 절대 아니라고 확신할 수 있거든. 퍼스트 네임드 슬레이어의 메리트는 상당하잖아?"

"알고 있는 건가?"

"당연하지. 우리 클랜의 리더가 퍼스트 네임드 슬레이어가 됐으니. 리더는 퍼스트 네임드 슬레이어로서 충분한 메리트를 가진 물품들을 챙겼어. 너 역시 다를 건 없겠지."

동원이 대답 대신 고개를 끄덕였다.

스피어러의 세계에서 '앞서 나가는 자'의 메리트는 상당한 것이었다. 케인도 알고 있었고 때문에 그는 자신 있게 동원의 실력을 장담할 수 있었다.

"최정예로 구성된 전력이 필요해. 너는 그중에 한 명이고. 어때? 언제든 이 제안에 맞춰 참여할 수 있겠어? 갑작스럽지 않도록 사전에 미리 얘기는 해줄 테니까."

"안 될 것 없지. 하겠어."

"결정이 빠른데? 어제 다른 담당자가 접촉한 중국의 퍼스트 네임드 슬레이어는 거절을 했거든. 지금도 충분히 자신의 실력에 만족하는데, 굳이 죽을 위험을 감수하고 싶지는 않다고 하더군."

"그 사람은 내가 아니니까."

"그래, 그래야 너답지."

동원이 깔끔하게 말을 정리하자 케인이 만족스러운 표정을 지었다.

이야기는 계속됐다.

동원과 케인은 각각 대한민국과 미국에서 현재 일어나고 있는 변화들에 대해 정보를 교환했다.

케인은 이미 대규모의 클랜을 중심으로 질서 재편이 끝난 미국과 달리, 대한민국은 아직도 변화의 여지가 충분해 보인다고 했다.

케인이 소속된 히어로즈 클랜은 깔끔한 운영과 클랜이 대외적으로 추구하는 이념에 맞는 일관성 있는 행보로 스피어러 대다수의 지지를 받고 있다고 했다. 그 배경에는 온갖 궂은일을 도맡아하며, 위험을 직접 감수하고 노력하는 클랜의 모습이 있기 때문에 그러했다.

하지만 대한민국의 1위 클랜인 가온에게서는 최정상의

클랜으로서 응당 가져야 할 사명감이나 책임감, 도전정신이 부족한 것 같다고 했다. 클랜이 이익을 추구하는 것은 전 세계 어디든 다를 것이 없지만, 지나치게 이익 추구에 집중하고 있다는 것이다.

실제로 가온은 로즈마리 사건을 계기로 이미지 반등에 성공하긴 했지만, 전보다 나아졌을 뿐 스피어러들의 감정이 호감으로 돌아선 것은 아니었다.

케인은 원한다면 자신이 소속되어 있는 히어로즈 클랜에 동원을 추천해 줄 수 있다고도 말했다. 스피어러에게 국적이 큰 의미를 갖는 것은 아니기 때문이다. 언어의 문제는 관련된 능력을 스피어 내에서 구매하면 자연스럽게 해결이 되는 것이었기 때문에, 적응에 어려운 점도 없었다.

"오염지대에 대한 브리핑은 수시로 정보가 들어 올 때마다 네게 할 기회가 있을 것 같다. 확실한 건, 더 강해질 수 있는 좋은 찬스라는 거다. 앞서 나가려면 확실하게 앞서 나가야 해. 뒤도 돌아보지 않고 말이야."

"고맙다, 케인."

"후후, 고마워 할 건 없어. 결국 널 이용해 먹으려고 하는 거니깐 말이다."

"하하하."

말은 저렇게 해도 케인이 자신을 배려하고 신경 써주고

있다는 것은 동원이 가장 잘 알고 있었다. 케인과의 인연이 이렇게 큰 도움이 될 것이라고는 상상도 하지 못했는데. 지금 생각해 보면 참으로 다행이라는 생각이 드는 동원이었다.

*　　　*　　　*

"이동하자. 네게 소개시켜 줄 사람이 하나 있다."

"도대체 누구이길래? 내가 아는 사람은 아닌 것 같고."

"당연히 아니지. 입국한 지 얼마 안 된 스피어러니까."

"입국한 지 얼마 안 됐다면… 외국인?"

"아니, 한국인이야. 너와 같은. 혹시… 1위 스피어러에 대한 이야기를 들어본 적이 있나?"

"소문은 들었지. 김혁수 씨가 아니라는 것도 알고."

"후후. 그 정도면 알려진 정보는 다 알고 있는 것이나 다름없네. 맞아. 네게 소개시켜 줄 사람이 바로 그 사람이다. 사람들이 대부분 1위로 알고 있는 랭커 김혁수를 꺾은 스피어러, 바로 그 사람을 네게 소개시켜 줄까 해."

"김혁수를 꺾은 스피어러?"

처음 듣는 이야기의 연속이었다.

동원은 케인이 가지고 온 소식 보따리에 연신 놀라움을

느끼고 있었다. 공개되지 않은 랭킹 1위 스피어러가 있다는 사실은 알고 있었다. 물론 비공식 랭킹 1위가 자신이라는 것도 알고는 있었지만.

"우선 만나러 가자. 만날 장소는 이미 정해놨어. 연락만 하면 바로 만날 수 있을 거다."

"좋아, 가보자."

누군지는 동원도 알지 못했지만, 기대는 확실히 됐다. 그런 사람을 자신에게 소개시켜 주려는 케인의 의도가 궁금하기도 했지만, 그래도 보고 싶었다.

과연 그는 누구일까?

마음이 두근거리는 동원이었다.

제3장
불장난

"겸사겸사 한 번 보고 싶어서."

"대단한 장소는 아니었군."

"뉴스나 기사로 보는 게 아니라, 직접 보고 싶었거든. 한국의 메인 포탈 근처는 어떤 모습을 하고 있을지. 역 근처라니 썩 보기 좋지는 않군."

"그쪽이 더 심하지 않나?"

"후후, 덕분에 양키스 스타디움에서 이제는 더 이상 야구를 할 수가 없게 됐지. 내 추억과 꿈의 공간이 몬스터들의 소굴이 되어버렸으니까."

동원의 말에 케인이 미소를 지었다.

두 사람은 서울 스퀘어 앞에 도착해 있었다. 서울 스퀘어 앞에 우뚝 솟아 있는 붉은색 포탈은 예전보다도 더 강렬한 빛을 반짝이고 있는 것 같았다.

주변에는 겹겹으로 세워진 방벽이 있었고 통로에는 빼곡하게 가온의 스피어러들이 상주하고 있었다. 서울 스퀘어 앞의 포탈은 메인 포탈로 여겨졌기 때문에, 정부의 방벽 구축 사업에서도 최우선으로 손이 쓰였다.

그래서인지 빅 웨이브 때와 다르게 삼중으로 높게 세워진 방벽이 완벽하게 포탈과 주변 안개의 모습 대부분을 차단하고 있었고 사람의 눈높이로 봐서는 회백색으로 솟아 있는 벽밖에 보이지 않았다. 그 높이 이상으로 뻗어 있는 포탈의 일부분만이 저곳에 무엇이 있는지를 짐작케 할 뿐이다.

방벽이 세워진 뒤, 주변의 상점들은 다시 활동을 시작했고 무정차로 통과했던 서울역 1호선과 4호선 역시 승객들을 태우고 이동하기 시작했다. 때문에 서울역 앞은 사람들로 붐비고 있었다.

다만 방벽 구축 작업으로 인해 8차선 도로가 전부 막힌 탓에 기존에 도로였던 곳을 다니는 차는 한 대도 없었다. 그래서 동원은 인근에 만들어진 공영 주차장에 차를 세우고는 케인과 서울역 근처로 와서는 케인이 소개시켜줄 상대를 기다리고 있었다.

"음, 저기 오고 있는 것 같군. 정우! 여기다. 이쪽으로!"

그때, 케인이 동원의 등 뒤로 시선을 고정시키고는 힘껏 손을 흔들어 보였다. 동원의 시선도 케인을 따라 자연스럽게 돌아갔다. 케인의 시선이 멈춘 자리에서 한 남자가 반갑게 손을 흔들며 이쪽으로 걸어오고 있었다.

"요, 케인!"

정우라고 불린 남자가 케인을 향해 반갑게 인사를 건넸다. 그리고 자연스럽게 옆에 있던 동원에게로 시선이 옮겨졌다. 처음 만나는 남자. 어색한 적막이 감돌았다.

"반갑습니다, 강동원 씨. 이정우입니다. 성함은 익히 들어서 알고 있었습니다. 직접 실물로 뵈니 화면으로 본 것보다 훨씬 미남이시군요."

"처음 뵙겠습니다. 아, 그리고 미남은 아닙니다. 어디서 욕먹지 않을 정도의 얼굴이죠."

"저는 욕만 먹다 죽으라고요? 후후."

어색함을 털어내는 인사가 오가고.

케인이 미리 봐두었던 카페로 자연스럽게 두 사람을 안내했다. 진득하게 앉아서 이야기를 하기에는 역시 카페가 제격이었다.

　　　　*　　　　*　　　　*

　"내가 이번 자리를 마련한 건, 이왕이면 두 사람이 함께 하면 어떨까 해서야. 오지랖이 넓은 것이라고 할 수도 있겠지만, 내가 보기엔 두 사람의 시너지 효과가 정말 좋을 것 같거든."

　"이 아저씨, 쓸데없는 짓 하시네… 뭐 하러 고생을 사서 해? 알아서 때가 되면 만나고 아님 마는 거지."

　"한국의 랭킹 1위를 꺾은 남자, 그리고 랭킹 1위나 다름없는 남자. 이 정도면 좋은 하모니 아닌가?"

　"그러니까 그걸 왜 케인이 신경을 쓰냐는 얘기지. 전부터 만나보고 싶었습니다. 입국한 지 얼마 안 돼서 적응 기간이 좀 걸렸거든요. 그 전까지는 케인이 있는 히어로즈 소속이었지만, 지금은 소속이 없습니다. 원래는 가온에 가입을 하려고 가온의 리더를 찾아 갔었는데……."

　"김혁수가 당했지. 정우를 이기지 못했어."

　"혹시나 오해하실까 싶어 미리 말씀드리는 겁니다. 저는 저보다 못난 사람과는 친분을 쌓고 싶어 하지도, 그 밑에 들어가서 일을 하고 싶지도 않거든요. 제가 존경할 만한 사람이 아니면, 그 아래서 일하는 것 자체가 안 내킵니다."

"케인이 왜 이 자리에서 저와 정우 씨를 만나게 하려고 했는지 알 것 같군요."

"이해하셨나요? 불장난 시켜놓고 구경하려고 부른 거죠."

"클클클, 들켰나?"

순간 동원과 이정우의 마음이 통했다.

이 자리, 동원은 기분 나쁘지 않았다.

오히려 깊은 호기심이 일었다. 김혁수는 동원이 인정할 만큼 수준급의 검술 실력을 가진 사람이다. 1위 클랜의 리더임과 동시에 스피어의 힘을 지닌 검사들이 가장 동경하는 대상이기도 했다.

그런 김혁수를 꺾은 사람이라고 한다. 아마 대외적으로 알려지지 않은 것은 서로가 비밀로 하기를 원했기 때문일 것이다. 이정우가 자신처럼 무언가를 떠벌리는 걸 좋아하지 않는 성격이기 때문일지도 모른다. 김혁수야 당연히 사람들에게 알려서 좋을 게 없는 소식이고.

"퍼스트 네임드 슬레이어에 대한 이야기를 들은 이후로 생각은 하고 있었습니다. 동원 씨, 당신이 어쩌면 대한민국 내에서 가장 강한 스피어러일지도 모른다는 생각을요. 하지만 공식적으로는 사람들이 김혁수 씨를 생각하고 있으니, 얼마나 잘난 사람일까 해서 찾아가 본 겁니다. 결과부터 말하자면 저보다 잘난 사람은 아니었어요. 그래서 그의 클랜에 들어가지 않았고요."

"내 실력을 보고 싶은 겁니까?"

동원이 질문을 던졌다. 이정우의 말투는 어딘가 공격적인 구석이 있었다. 그런데 그것이 기분 나쁘기 보단 오히려 즐겁게 느껴졌다. 묘하게 호승심을 자극하는 부분도 있었던 것이다.

"가온의 리더, 김혁수 씨를 꺾은 이후로 더 그런 생각이 강하게 들었죠. 나보다 강한 사람이 존재할까? 그렇다면 그 사람은 누구일까? 동원 씨일까? 케인에게 좀 불편하게 들릴지 모르겠지만, 아무리 날고 기어도 결국 저는 히어로즈에서는 실력 좋은 동양인 그 이상 그 이하도 아니었거든요. 미국 놈들은 미국 물을 먹는 게 가장 잘 어울리고 대한민국 사람은 대한민국 물을 먹는 게 가장 잘 어울린단 거죠. 그래서 돌아온 거고 제가 존경하고 배울 점이 많은 사람이 있는지 찾아다닌 겁니다."

"중요한 알맹이가 빠졌어, 정우. 그런 사람을 찾지 못할 경우에 어떻게 할 생각이었는지 말이야."

열심히 이야기를 털어내는 이정우의 말에 케인이 장단을 맞춰 주었다. 동원은 호기심 어린 눈빛으로 이정우를 바라보았다. 자신감에 차 있는 이 남자, 뭔가 특이하고 특별했다. 자신에 실력에 대한 자신감도 있었고 그런 자신감을 억눌러 줄 더 강한 사람을 원하는 것 같았다. 그리고 그 사람이… 동원 자신이라고 생각하고 있는 것 같았던 것이다.

"제가 배우고 존경할 만한 사람이 없다면. 잘난 제가 클랜을 만들어야겠죠. 실력으로 스피어러들을 설득할 자신은 충분히 있으니까."

"그런데 김혁수 씨의 실력은 어떻게 본 거죠?"

동원은 그것이 가장 궁금했다. 현실에서 목숨을 걸고 싸우기라도 한 걸까?

"음? 동원은 모르나? 아, 하긴… 모를 수도 있겠군."

"뭘 모른다는 거야?"

"스피어 내에는 스파링 시스템이 있어. 원한다면 안에서 실력을 겨뤄볼 수 있지. 물론 함께 단체 퀘스트를 수행하던가 하는 방식으로 퀘스트를 완료하고 난 뒤, 남는 시간을 이용한 것이지만 말이야. 서로 동의하에 스파링을 할 수 있고 이 경우에만 죽어도 죽지 않은 것으로 인정이 되지. 임시로 주어진 생명력 수치가 0이 되는 순간 끝이 나니까."

"아… 그건 전혀 몰랐군."

"나도 알게 된 지 얼마 안 됐어. 좋은 시스템이지. 서로의 실력을 합법적으로 겨뤄볼 수도 있고 죽는다고 해서 실제로 죽는 것도 아니니까 말이야."

"거기서 김혁수 씨를 꺾었다는 이야기군요."

"제 입으로 말하기 낯간지러운 이야기지만 그렇습니다. 그래서 이번에 케인의 입국에 맞춰 겸사겸사 동원 씨를 보고 싶었던 겁니다. 제가 이긴다면 본격적으로 클랜을 구성할 준비에 들어갈 것이고."

"…진다면?"

동원이 되물었다. 궁금했다. 자신에게 진다면 이정우는 무엇을 할 생각을 하고 있는 걸까?

"진다면 제가 그 사람을 이길 때까지, 열심히 그 아래에서 배움을 청해야겠죠. 좋게 말하면 동료, 나쁘게 말하면 거머리? 하하하."

이정우가 유쾌한 웃음을 지었다.

말 여기저기에 모난 구석이 있긴 했지만, 결국 핵심은 자기보다 더 잘난 사람, 더 배울 것이 많은 사람을 찾고 싶다는 것이다. 그런 사람이 없다면 미련을 가질 것도 없다는 이야기였다.

"동원, 내가 이해하기 좋게 다시 한 번 정리해 주지. 사람들은 아직 네 잠재력을 잘 모르지만, 나와 정우는 이미 알고 있다. 김혁수는 잘 포장된 랭커에 불과해. 실력이 없는 건 아니지만 최고는 아니라는 이야기다. 하지만 너는 겸손하게, 그리고 아주 조용히 힘을 키워왔지. 퍼스트 네임드 슬레이어라는 타이틀은 아무나 딸 수 있는 것이 아니야. 정우는 자신이 믿고 따를 수 있는, 자신보다 더 강한 사람을 원한다. 그게 너일 것이라 생각하고 있고."

"이렇게 된 이상, 거절할 수도 없겠군요."

"후후, 자리가 상황을 만드는 법이죠."

이정우가 씨익 미소를 지었다.

"좋아요. 그럼 한 수 배워볼까요."

"3인 퀘스트라니. 어마어마한 사람 셋이 모였으니, 클리어는 어렵지 않겠군. 다들 시간 맞나?"

"저 30분 모자랍니다. 30분만 기다려주세요."

"나도 30분 정도."

동원과 이정우가 비슷한 잔여 시간을 말했다.

그 순간, 서로의 눈빛이 빠르게 교차했다.

"대기 시간에 항상 맞춰서 들어가신 모양이네요."

"거의. 웬만해서는 그렇게 했죠."

"후후후."

동원이 지금까지 스피어에 입장해 오면서, 대기 시간 카운트가 0이 된 이후로 1시간을 넘겨 입장해 본 적은 단 한 번도 없었다. 항상 대기 시간이 0이 되면 바로 입장을 했고 부득이한 경우에도 30분을 넘기지 않았다.

이정우도 비슷했고 그래서인지 동원과 남은 대기 시간이

거의 비슷했던 것이다. 두 사람은 이것이 우연히 시간이 맞아서 그런 것이 아니라, 타이트하게 지금까지 스스로를 채찍질하며 퀘스트를 수행해 온 결과물임을 알고 있었다.

드르르륵.

그때 동원의 스마트폰 진동이 울렸다. 화면을 보니 서희였다.

"잠시 통화 좀 하고 오겠습니다."

"얼마든지."

"시간은 아직 있으니까요. 기다리고 있겠습니다."

동원은 바로 사람이 없는 카페의 흡연실 쪽으로 빠져나와서는 서희의 전화를 받았다.

"여보세요?"

—동원 씨, 저예요. 별일 없죠?

"무소식이 희소식이죠. 별일 없습니다."

—저는 지금 부산에 내려와 있어요. 유리 씨 외할아버님 장례식이에요.

"거기를 내려갔어요?"

—네, 연락받고 바로 내려왔어요. 얘기 들어보니까 막상 같이 있어줄 같은 나이 또래의 언니나 동생이 없더라구요. 그래서 같이 있어주고 말동무도 되어줄 겸 해서 내려왔어

요. 방금 겨우 눈 붙였어요, 유리 씨는.

"미리 얘기라도 좀 해주지 그랬어요? 짧은 길은 아닌데."

―하나하나 다 말해가면서 할 필요 있나요? 겸사겸사 유리 씨랑 할 이야기도 있어서 내려온 거예요. 뭐, 동원 씨가 먼저 저를 찾을 일은 없겠지만… 혹시나 저를 찾을 일이 생기지 않을까 해서! 미리 어디에 있는지 말해두려고 전화한 거예요. 다른 건 없어요.

"알겠어요. 고마워요, 서희 씨."

―고맙다는 이야기는 유리 씨에게도 많이 들었어요. 아, 이제 서로 말 놓고 편하게 지내려고 해요. 혹시나 다음에 서로 만났을 때, 제가 유리 씨에게 말 편하게 해도 이상하게 생각하지 마시구요.

"알겠습니다. 올라올 때 연락해요."

―네, 그럼. 또 연락할게요!

서희와의 통화가 끝나고.

동원은 새삼 서희의 세심함과 마음 씀씀이에 고개를 끄덕였다. 그녀는 확실히 배울 점이 많은 여자였다. 그리고 자신의 위치에 걸맞는 책임감과 동시에 인간적인 정, 그리고 옳은 판단을 위한 냉정함도 함께 가지고 있었다.

직접 부산까지 내려갔다는 이야기를 들으니, 되려 서울에 있는 자신이 부끄럽게 느껴질 정도였다. 물론 케인을 만나야 하는 사정이 있었던 만큼 그리 된 것이지만, 자신의 클랜원도 아닌 이유리를 하나하나 챙겨주는 서희의 마음이 고맙게 느껴지는 동원이었다.

한편으로는 이번 서희의 행보가 최근 블랙 헌터에 하나 둘 가입하기 시작한 동원의 동료들에 대한 영입의 연장선에 있겠다는 생각도 들었다.

예전 같았으면 거부감을 느꼈을지도 모르는 서희의 행보였지만, 지금은 상관없었다. 동원도 조만간 거취를 정할 생각이었다. 그렇게 된다면, 동원에게 있어서도 가장 긴밀하게 연이 닿아 있는 곳은 역시 블랙 헌터다.

"일단 이 문제는 시간을 두고 좀 더 생각해 보기로 할까."

동원은 다시 복잡해지기 시작하는 머릿속을 털어내고는 흡연실을 빠져 나와 케인과 이정우에게로 향했다.

기대가 됐다.

김혁수를 꺾었다는 이정우의 실력은 어느 정도 일지.

그리고 F랭크 당시에 치렀던 하드 모드의 단체 퀘스트 이후, 케인의 실력이 얼마나 발전했는지 말이다.

그로부터 30분 남짓한 시간이 지나고.

"입장은 누가?"

"내가 하지."

케인의 물음에 동원이 자신의 스피어를 응시하며 말했다. 그러자 케인이 자연스럽게 이정우의 손을 잡았다.

"이상하게 생각은 말고."

"손가락 끝에 움직이지 말아요. 기분 이상하니까."

두 사람이 농을 주고받는 동안, 동원이 눈앞으로 이동시킨 스피어를 움켜쥐었다.

그러자 주변의 공간이 단번에 일그러지며, 순식간에 암흑으로 가득한 공간 속으로의 이동이 끝났다. 선택의 통로였다.

동원과 케인, 그리고 이정우의 단체 퀘스트가 시작된 것이다.

다만, 단체 퀘스트는 부수적인 것이고 주 목적은 대련, 바로 스파링이었다.

제4장
스파링 시스템

단체 퀘스트는 어렵지 않게 수행이 끝났다.

인원수에 맞게 보정이 된 퀘스트였지만, 워낙에 참여하는 세 사람의 실력이 출중했기 때문이다.

물론 물 흐르듯이 퀘스트가 완료된 것은 아니어서, 1시간 정도의 시간을 남기고 퀘스트가 마무리됐다.

"이 아저씨들 대단하네. 결국 얼티밋은 안 쓰겠다, 이거지? 스파링에 써야 하니까? 후아. 하아. 후아. 하아."

퀘스트가 끝나자 케인이 거친 숨을 몰아쉬며 동원과 이정우를 손가락으로 가리켰다.

두 남자는 미소로 답을 대신했다.

"준비되셨습니까?"

이정우가 물었다. 동원이 고개를 끄덕였다.

퀘스트 수행의 피로감이 남아 있기는 하지만 그건 이정우도 마찬가지일 터. 같은 조건이라 생각했다.

세 사람은 퀘스트를 할 때만큼은 전력을 다해서 뛰고 움직였다. 그 과정에서 서로의 기술과 능력에 대한 자연스러운 공개도 됐다.

이정우의 기술은 다름 아닌 발이었다. 완벽하게 똑같다고 할 수는 없지만, 태권도와 매우 유사한 발기술을 썼던 것이다. 손을 주로 쓰고 발을 부수적으로 쓰는 동원과는 정반대의 타입이었다.

이정우는 건틀릿을 끼고 있는 동원처럼 타격력을 강화시켜주는 각반(脚絆)을 두르고 있었는데, 동원의 스태틱 건틀릿이 스태틱 포인트를 채울 때마다 전류를 방출한다면, 이정우의 각반은 일정량의 타격을 채울 때마다 강력한 일격한 번이 들어가는 것 같았다.

"준비됐습니다."

동원이 고개를 끄덕였다.

그러자 이정우가 무어라 중얼거리더니, 허공에 몇 번의 손짓을 하기 시작했다.

그리고 얼마 뒤.

[해당 스피어러에게서 스파링 시스템 사용 요청이 들어왔습니다. 참가하시겠습니까?

본 시스템은 수치화된 체력을 모두 소진하여 0이 되면 종료되며, 전투 과정에서 입은 부상은 전투 종료 즉시 치유됩니다.

단, 전투 과정에서 느끼는 고통은 실제와 동일하며, 이로 인한 정신적인 피해에 대해서는 치유가 이루어지지 않습니다. 아울러 착용하고 있는 무구와 장신구 외의 모든 물품 사용이 차단됩니다. 그로 인해 슈트가 가진 특수 능력과 내구도의 사용도 제한됩니다.]

설명은 간단했다.

기억은 남되, 몸의 상처는 남지 않는다는 것이다.

그리고 슈트가 가지고 있는 치명상 방어와 내구도에 대한 효과도 작용하지 않는다.

동원은 안내 메시지의 하단에 있는 수락 표시를 눌렀다.

그러자 자연스럽게 원형의 전장이 형성되었다. 결계가 둘러져 있어, 밖으로 나갈 수 없는 공간이었다.

케인은 결계 밖에서 흐뭇하게 상황을 지켜보고 있었다.

"재밌게 구경이나 해보자. 나는 아무 말도 안 할 테니까

신경 쓰지 말고."

결계가 있었지만, 케인의 목소리는 잘 들렸다.

동원은 전장의 왼쪽에, 그리고 이정우는 전장의 오른쪽에 자리를 잡고는 서로에게서 시선을 떼지 않는 모습이었다.

"음……."

체력바가 보였다. 이미지화된 자신의 체력바는 100% 상태를 유지하고 있었다.

이것이 전투가 반복될수록 점점 줄어들 것이고 0%가 되면 자동으로 스파링이 끝날 것이다.

동원은 두 걸음 정도 앞으로 나서며, 다시 자세를 잡았다. 시작은 무조건 탐색전이었다.

"……."

퀘스트를 하는 내내 동원, 케인과 대화를 주고받았던 이정우였지만 지금은 한마디도 없었다. 그리고 왼발과 오른발을 계속해서 교차시키는 스텝을 밟으며, 천천히 동원을 향해 접근해오고 있었다.

툭. 탁. 툭. 탁.

경쾌하게 이정우가 다리를 교차시킬 때마다 묘한 리듬감이 느껴졌다. 그러다가는 다리를 앞으로 내밀듯 자세를 취하다가 말고 다시 스텝을 밟았다.

동원은 클래식 가드 자세를 유지하며 이정우와 그의 다리를 계속 교차해서 응시했다. 현란한 다리의 움직임이 계속해서 동원의 시선을 교란시켰다.

휘익! 휙!

이정우는 계속 발차기 자세를 취하다가 접고 취하다가 접는 식으로 소위 '간'을 봤다.

동원도 그런 이정우의 노림수를 알고는 있었지만, 신경을 안 쓰자니 언제 치고 들어올지 알 수 없고 신경을 쓰자니 계속 기만을 당하는 느낌이라 더욱 신중하게 움직임을 살폈다.

동원은 차라리 이정우가 좀 더 자신 있게 밀고 들어올 수 있도록 빈틈을 보여주기로 했다. 의도적으로 공격 동작을 취한 것이다.

"하앗!"

그러자 바로 이정우에게서 반응이 왔다.

동원이 라이트 펀치를 내지르며 접근해 오자, 바로 오른쪽으로 몸을 피하며 그대로 오른발 돌려차기가 이어졌다.

꽉!

"윽!"

강력했다.

왼손에 찬 건틀릿을 이용해 이정우의 돌려차기를 막아낸 동원은 예상 이상으로 옆으로 밀려나는 자신의 몸을 보고 는 긴장의 끈을 더 조였다. 단순 발차기 한 번이었지만, 위 력이 상당했다.

동원이 밀려나가며 몸의 무게 중심이 흐트러지자, 이정 우는 그 틈을 노리지 않고 연속 동작으로 동원을 압박해 왔 다.

"하앗! 핫!"

탁! 탁!

연속해서 두 번의 옆차기가 동원의 복부를 노리고 날아 들었다.

하지만 이번에는 동원이 역공을 가했다.

디펜시브를 이용해 옆차기의 밀쳐내는 힘을 버텨낸 동원 은 그 상태로 몸을 시계방향으로 회전시키며, 자연스럽게 이정우에게로 말려 들어갔다.

그리고 손등을 이용해 그대로 이정우의 얼굴을 후려쳤 다.

"커억!"

힘이 잔뜩 실린 공격에 이정우가 신음을 토해내며 나가 떨어졌다.

동원은 일격이 제대로 먹혀들어간 것이라 생각했다.

하지만 그 순간, 나가떨어지던 이정우가 그 상태로 몸을 비틀어서는 그대로 360도 회전을 하며 뒷발로 동원의 턱 언저리를 후려쳤다.

"크윽!"

순식간에 묵직한 한 방을 주고받은 두 사람이었다.

단 한 번의 일격이었지만 체력바의 상당량이 깎여 있었다.

"……."

동원과 이정우는 서로를 마주본 채로 얼굴에 난 상처를 어루만지며 살짝 미소를 지었다.

서로가 노림수를 가지고 유인을 한 뒤 역공을 가했고 역공을 당한 와중에도 빈틈을 노려 공략을 한 것에 감탄했기 때문이다.

동원은 이정우의 발 공격이 상당히 빠르며, 위력이 상당하다는 것을 깨달았다. 쉽게 말해서 동원 자신의 발을 쓰는 버전이 이정우였다.

빠른 기동력을 기반으로 회피를 하는 데 능했고 단순 회피가 아니라 회피 후에는 반드시 어떻게든 유효타를 넣었다.

차이점이 있다면 손과 발을 쓰는 차이, 그리고 주로 노리는 공격 부위의 차이였다.

동원은 상단을 중심으로 가슴과 복부를 노리는 공격이었고 이정우는 하복부 언저리를 중심점으로 삼아 폭 넓게 몸 전체를 노리는 공격이었다.

팔과 다리에는 길이의 절대적인 차이가 존재하는 만큼, 동원은 지공(遲攻)이 훨씬 자신에게 독이 되는 것임을 깨달았다.

이정우가 '각'을 잴 수 있는 시간을 벌어줄 수록 좀 더 깊게 파고들어야 하는 동원이 불리했던 것이다.

탐색전이 좀 더 이어졌다.

두 사람은 적극적인 공격과 수비를 원만하게 조율하며 유효타를 먹이기 위해 노력하되, 유효타를 허락하지는 않았다. 그러다 보니 서로의 체력을 야금야금 갉아먹는 소모전이었다.

탐색 과정에서 느낀 것은 이 스파링 시스템에 할당된 체력이 생각보다는 많지 않다는 점이었다. 깎이는 정도가 상당했기 때문이다.

'그렇다면.'

난타전은 동원의 주특기이기도 했다.

동원은 카운터 발동 요건을 수시로 활성화시키기에 좋은 난타전으로 공격 패턴을 가져가기로 했다.

탐색은 끝났다. 성향이 비슷하다면 좀 더 패기 있게 파고
드는 쪽이 승률이 높다.

"하앗!"

동원이 일갈하며 이정우에게 달려들었다. 이정우 역시
물러서지 않고 바로 맞섰다.

탁! 탁!

동원이 빠르게 밀어 넣은 원투 펀치가 이정우의 쳐내기
에 막히고. 바로 이어서 이정우의 발차기 삼연타가 순식간
에 들어왔다.

동원이 바로 가드를 낮추지 않았으면, 복부를 강타당했
을 매서운 일격이었다.

하지만 현명하게 공격을 방어해 낸 동원은 몸의 높이를
확 낮추며, 이정우를 향해 깊숙하게 파고들었다.

순간 동원이 시야에서 사라지자, 연타를 이어가려면 이
정우의 움직임에 아주 잠깐의 멈칫거림이 있었다.

'걸렸다!'

동원의 노림수가 먹혀들었다. 동원은 망설일 것 없이 바
로 무주공산이 된 이정우의 복부에 그대로 스트레이트 펀
치를 밀어 넣었다.

뻐억!

경쾌한 격타 음이 들리고 이정우의 몸이 뒤로 튕겨져

나갔다.

동원은 앞으로 쏠린 무게 중심을 이용해, 뒤로 밀려나는 이정우의 코앞으로 빠르게 따라붙었다.

그 순간, 이정우가 몸을 비틀어 이미 무게 중심이 다 무너진 상태에서도 뒷발차기를 하려는 것이 눈에 들어왔다. 아까와는 달리, 이번에는 이정우의 위기 속 노림수가 눈에 보였다.

"훗!"

동원이 이정우의 돌아가는 발의 궤적을 예상하고는 바로 허리를 틀어 아슬아슬하게 공격을 피했다.

순간 얼굴을 훑고 지나가는 엄청난 바람의 압박이 느껴질 정도였지만, 동원은 시선을 유지한 채 그대로 파워 웨이브를 차징했다.

회심의 한 수가 실패하면서, 이정우는 완벽하게 빈틈을 노출하고 있었다.

동원은 공격을 위한 완벽한 자세를 취하고 있었고 이정우는 바닥에 엎드린 채로 두 팔을 뻗어 몸을 일으키려고 하는 순간이었다.

바로 그때.

파앗!

순간 이정우의 몸 전체에서 붉은빛 기운이 솟구쳤다. 마

치 붉은 오오라를 몸에 두르고 있는 것처럼 강렬한 기운이
었다.

"......!"

그리고 동원의 예상을 훌쩍 뛰어넘는 속도로 재빠르게
몸을 일으킨 이정우가 그대로 동원을 향해 거의 날아오다
시피 쇄도해 들어왔다.

동체시력이 뛰어난 동원도 움직임을 완벽하게 놓칠 정도
로 인간의 한계를 뛰어넘은 속도였다.

'설마 이게?'

동원은 떠올렸다.

C랭크 10단계에 진입한 이정우에게 자신의 피니쉬와 같
은 얼티밋이 있다는 것을. 퀘스트를 함께 치르는 동안 얼티
밋은 서로에게 보여주지 못해 알 수 없었고 지금의 공격이
얼티밋일지도 모르겠다는 생각이 든 것이다.

하지만 판단을 하고 대비를 할 수 있는 시간 자체가 없었
다.

동원은 바로 디펜시브를 전개하고 몸을 웅크리며 가드
자세를 취했다.

"하아아앗! 하앗! 핫!"

"크윽! 크윽! 큭! 큭!"

디펜시브를 즉각적으로 전개하고 완벽하게 방어 자세를

취했음에도 불구하고 동원은 몇 연격인지조차 알 수 없는 횟수와 빠르기로 매섭게 몰아치는 이정우의 공격에 계속해서 뒤로 밀려나며 신음을 토해냈다.

디펜시브의 지속 시간이 끝나자, 이정우의 발끝에서 이뤄지는 공격의 충격량이 가감 없이 전신으로 전해졌다.

"이야앗! 핫! 핫!"

이정우는 마치 무언가에 씌인 것처럼 무아지경에 빠져 동원을 공격했다.

디펜시브가 풀리면서, 동원의 체력바가 급격하게 줄어들기 시작했다.

"……!"

어느새 체력바의 수치가 50% 이하까지 떨어지고 1차 패시브가 발동됐다. 공격 능력과 공격 속도를 1.5배 강화시키는 패시브였다.

하지만 패시브가 무색하게 이정우의 공격은 계속해서 동원을 뒤로 밀쳐 냈다.

반격을 해야 공격력과 공격 속도 강화의 의미가 있는데, 전혀 타이밍을 잡을 수 없었던 것이다.

마치 모든 수를 읽히는 것처럼 동원이 회피 자세를 취하면, 그 자세에서 빈틈이 생기는 부분으로 발차기가 이어졌다. 그리고 그 부분을 막기 위해 가드를 내리면, 다시 다른 빈 부분을 노리는 공격이 이어졌다.

이정우의 연격은 끝날 줄을 몰랐다. 그것도 고정된 발차기 패턴을 가지고 있는 것이 아니라, 계속해서 빈틈을 집요하게 파고드는 불규칙적인 연속 공격이었다.

순식간에 체력의 4할 가까이를 잃고 체력 수치가 35%까지 떨어지고 나서야 동원은 깨달았다. 이정우의 얼티밋으로 보이는 이 공격은 막는 것이 능사가 아니라는 것을.

끝났어도 진작 끝났어야 할 공격이 끝나지 않는 것은 동원 자신이 계속 이 공격을 막고 있기 때문이라는 것을 그제야 알아차린 것이다.

워낙에 매섭게 공격이 들어오고 있었기 때문에 뒤늦게 알아차린 동원이었다.

'여기서 빠져나오는 걸로는 부족해. 그대로 돌려줘야 한다. 이미 상대방이 좋은 패를 깐 마당에 기다릴 이유가 없어.'

동원은 빠르게 판단을 내렸다. 연타 공격이 이루어지고 있는 지금은 순식간에 회피 조건을 발동시키기에 더할 나위 없이 좋은 상황이다.

동원은 아예 2차 패시브가 발동하는 체력의 20% 수준까지 이정우의 일격을 받아내기로 했다. 무모한 시도라고 할 수도 있겠지만, 동원은 오히려 상대가 공격 일변도의 포지

선으로 밀어 붙이고 있는 지금이 최적의 얼티밋 사용 시기라고 생각했다.

패시브를 발동시켜 4배로 강화된 공격력과 공격 속도로 완벽한 보정을 받은 뒤, 회피를 할 최적의 타이밍을 잡고 바로 회피 조건을 발동시켜 카운터 피니쉬를 날릴 생각이었다.

눈에는 눈, 이에는 이. 그렇다면 얼티밋에는 얼티밋으로 응수해 주는 것이 최고의 선택인 것이다.

"후우. 후우."

동원이 심호흡을 하며 계속해서 이정우의 공격을 받아냈다. 체력은 순식간에 25% 수준까지 떨어졌고 동원은 모든 정신을 집중해 이정우의 공격에서 벗어날 타이밍을 노렸다.

그리고.

동원의 두 눈이 번뜩였다. 동시에 바로 피니쉬를 위한 파워 차징을 전개했다.

1초의 차징 시간이 지나고 자연스럽게 체력이 20% 수준 아래로 떨어지자 2차 패시브가 발동했다.

"……!"

1차 패시브와 달리 1.5배에서 4배로 강화된 공격 능력과 공격 속도는 동원에게 강렬한 힘을 불어 넣었다. 동원의 눈빛도 자연스럽게 붉은빛으로 변했다.

그 순간, 맹격을 퍼붓던 이정우는 동원에게서 일어난 변화에서 좋지 않은 느낌을 감지했다.

하지만 아직까지 동원이 계속 수세에 몰려 공격을 받아내기만 하는 상황에서, 쉬이 자신의 얼티밋을 거둬들이는 것도 내키는 일은 아니었다.

화악!

그때, 동원의 신형이 재빠르게 뒤로 이동하며 이정우와의 거리를 벌렸다. 이어지는 이정우의 연격이 그대로 동원을 향해 달려들며 이어졌지만, 이번에는 동원의 움직임이 좀 더 빨랐다.

이정우의 발차기가 이어지는 그 순간, 동원이 몸을 비틀어 회피에 성공한 것이다.

"쳇!"

이정우가 공격을 거둬들였다.

이정우의 얼티밋이 가지고 있는 약점은 방향 전환이 어렵다는 것이었다.

약간의 방향 비틀기는 가능하지만, 거의 직선에 가까운 공격 루트가 필요했다.

그래서 보통 얼티밋을 구사하기 전에 올려차기로 상대를

무방비 상태로 만든 다음에 바로 얼티밋을 이어가거나, 상대가 방어 자세에서 빠져나오기 어렵도록 핀치로 몰아넣은 다음에 얼티밋을 전개했던 것이다.

이번에 동원을 상대할 때도 마찬가지였다. 이정우 자신의 약점을 잡았다고 생각하고 큰 공격 모션을 취하려고 할 때 역으로 얼티밋을 전개했다.

그 바람에 빠져나갈 생각도 하지 못한 채 공격을 막아내기만 해야 했고 순식간에 체력이 급격하게 빠져 버린 것이다.

하지만 동원이 이정우의 얼티밋과 능력에 대해 완벽하게 알지 못하듯, 이정우 역시 동원의 능력과 얼티밋에 대해 완벽하게 알지는 못했다.

그러다 보니 자신의 얼티밋으로 완벽한 끝맺음이 되지 못했다는 사실을 깨닫고 공격을 거둬들였고 그 순간 이미 동원이 피니쉬가 시작되고 있었던 것이다.

"하압!"

뻐억!

"커헉!"

동원의 일갈과 함께 카운터로 인해 강화된 힘이 실린 일격이 그대로 이정우의 복부를 강타했다.

순간 두 팔을 뻗어 동원의 주먹을 막아내려던 이정우는

일찌감치 팔의 방어를 무시하고 파고든 주먹의 엄청난 충격파에 그대로 허공을 날았다.

"오……."

케인의 탄성이 결계 밖에서 터져 나왔다.

이정우는 포물선을 그리며 허공을 날아가며, 순식간에 날아가 버린 자신의 체력바를 보고는 잠시 멍한 표정을 지었다.

제5장
인정

"와……."

자신을 쓰러뜨리는 데에는 잔기술도, 눈속임도, 연타도 필요 없었다. 단, 한 방이었다.

손톱만큼의 체력바가 남아 있긴 했지만, 이정우는 살짝 돌린 시선에서 이미 코앞까지 달려와 붙은 동원의 모습을 보고는 생각을 접었다. 이래가지고는 일어나기도 전에 연타를 먹을 판이었다.

아니나 다를까, 생각은 현실이 됐다.

뻐억!

"크윽!"

이정우의 몸이 지면을 나뒹굴며 용수철처럼 튕겨져 나갈 때, 빠르게 접근한 동원이 그대로 이정우의 안면 한가운데에 주먹을 수직으로 내리꽂았다. 지금만큼은 케인을 통해 만난 동료로서의 이정우가 아니라, 적으로서 이정우를 대하는 동원의 모습이었다.

뻐억! 뻐억! 뻑!

"끅!"

이정우는 얼굴을 노리고 계속해서 내리 찍는 동원의 연타를 막을 수 없었다. 동원의 피니쉬로 이미 전신에 퍼져나간 충격의 통증이 이제 시작되고 있을 정도였으니까.

동원의 얼티밋이 가진 파괴력은 엄청났다.

이정우는 김혁수를 상대했을 때와는 달리, 동원에게서 깊은 두려움을 느꼈다. 마치 이 모든 과정이 계산속에 있었던 것처럼, 동원은 참아내고 참아내다가 한 번의 일격으로 전투를 끝냈다.

현실이었다면, 이것이 실제 전투였다면? 이미 목숨이 끊어진 상황인 것이다.

물론 슈트가 있었다면 얘기가 달라졌겠지만, 그런 식으로 따지면 동원에게도 슈트가 있었다면 자신의 얼티밋이 제대로 먹혀들어가지 않았을 것이다.

"하하하, 하하하하⋯ 이건 완벽하게 졌네요. 완벽하게⋯⋯."

지면에 대자로 뻗다시피 한 이정우가 몸을 일으킬 생각조차 하지 않은 채, 그대로 두 눈을 감아버렸다. 피니쉬에 이어 들어온 연타에 머리가 터질 것 같이 어지러웠기 때문이다.

그리고.

[해당 스피어러의 체력이 0이 되어 스파링 시스템이 종료되었습니다. 수고하셨습니다.]

안내 메시지와 함께 해당 스피어러로 표기된 화면 위로 이정우의 얼굴이 떠올랐다. 즉, 진 사람의 얼굴이 표시된 셈이었다. 스파링 시스템이 종료되자, 자연스럽게 결계도 사라졌다.

"후우. 후우. 후우."

순간적으로 피니쉬를 먹이고 마무리를 위해 전력을 다한 연타를 이어갔던 동원도 그제야 가쁜 숨을 몰아쉬었다. 전투가 끝나자, 긴장이 쭉 풀리며 몸에 걸려 있었던 과부하가 느껴지기 시작한 것이다.

동시에 한줄기 백색 섬광이 동원과 이정우의 몸을 감싸

며 치유 효과를 만들어냈다.

그러자 방금 전까지 흘러내리던 피와 찢어진 상처들이 빠르게 아물어가며, 바닥났던 체력도 원상태로 돌아왔다.

동원이 차가운 바닥에 누워 있는 이정우에게로 다가가 그를 일으켜 세워주기 위해 손을 뻗었다. 그 대신 아무 말도 하지 않았다. 지금 이 상황에서 수고했다, 한 수 잘 배웠다, 같은 말은 상대의 자존심을 자극할 수도 있기 때문이다.

"인생은 한 방이에요, 그렇죠. 동원 씨? 후후."

"한 끗 차이라고 할 수 있겠죠."

"졌는데 기분이 좋은 건 왜 일까요? 자, 일단은 일어날까요……? 여자도 아니고 누워 있다고 해서 좋아할 사람도 없을 듯하니? 훗차!"

이정우가 동원의 손을 붙잡고는 빠르게 몸을 일으켜 세웠다. 양손에 묻은 흙을 툭툭 털어낸 이정우는 동원을 보며 멋쩍은 웃음을 지었다.

뭔가 전력을 다해 강하게 밀어붙이고 시종일관 우세를 점했던 것 같은데, 한 방에 끝나 버렸다. 이정우가 예상조차 하지 못한 엄청난 괴력, 그 한 방이 승부를 결정지은 것이다.

물론 이정우의 생각 이상으로 더 빨랐던 동원의 기동력

도 크게 한몫을 했다. 아마 비슷한 랭크나 조건의 다른 직업군, 이를테면 원거리 공격형 스피어러였다면 지금도 이정우의 얼티밋을 받아내며 결계 끝까지 밀려나가 있었을 것이다.

"좋은 승부였어. 질질 끌지도 않고 짧고 굵게 끝나는군. 어때, 정우? 내가 좋은 사람 소개시켜 준 것 같지 않나?"

"두말하면 잔소리인 것 같은데. 제가 졌습니다, 깨끗하게 인정하지요. 잘 배웠습니다."

이정우가 다시 악수를 청했다.

자신을 바라보는 이정우의 눈빛에는 위선이 담긴 감사인사가 아닌, 진심이 담긴 존경심이 묻어나오고 있었다.

동원은 느낄 수 있었다. 그가 진심으로 자신을 인정해 주고 있기 때문에 보일 수 있는 제스처이자, 눈빛이라는 것을.

"좋은 승부였습니다. 얼티밋의 가장 빠른 해답이 회피일 것이라고 생각했어요. 실패하면 거기서 끝이 났겠지만."

"맞아요. 동원 씨의 얼티밋은 한마디로 일격 필살이네요. 더 강력한 딜링을 위해 회피 기제가 반드시 필요한 모양이죠?"

눈치 빠른 이정우는 동원의 얼티밋을 좀 더 효과적으로 쓰기 위해 회피 동작이 필요하다는 사실을 알아차렸다. 그렇지 않았다면 바로 반격을 하며 얼티밋을 썼을 테니까.

동원은 고개를 끄덕였다.

"자자, 그럼 남은 이야기는 밖에서 이어서 하도록 할까? 아직 커피도 채 식지 않았을테니 말이야."

"그렇게 할까."

"그렇게 하죠."

"자, 그럼 각자 알아서들 분배 마치고 나오라구. 이야기는 거기서 하자. 여기는 너무 칙칙해."

케인이 입술을 삐쭉거리며 하늘을 바라보았다.

언제라도 장대비를 쏟아낼 것만 같은 어두운 하늘은 확실히 기분이 나빴다.

*　　　*　　　*

단체 퀘스트, 그리고 한바탕의 전투를 치르고 나왔지만 시간은 그대로였다.

스피어의 세계에 들어갔다가 나오는 것은 때때로 현실에서의 시간 감각을 이질적이게 만든다.

케인의 말대로 여전히 세 사람 앞에 놓인 커피에서는 모락모락 김이 올라오고 있었다. 잠시 시간이 멈춘 듯, 서로를 바라보던 세 사람은 커피를 먼저 한 모금씩 들이키는 것으로 첫 움직임을 시작했다.

"이제… 말을 놓을까요?"

먼저 제안을 꺼낸 것은 동원이었다. 동원, 케인, 이정우. 모두 동갑내기였다. 동원과 케인, 그리고 이정우와 케인은 이미 말을 놓고 지내는 사이였지만, 동원과 이정우 사이에만 교통 정리가 끝나지 않은 것이다.

"얼마든지요."

"그래, 그럼 놓는 걸로."

"좋아. 놨다, 놨어."

늘 그렇듯, 말을 처음 놓을 때가 가장 어색하다. 하지만 이내 그 어색함은 사라지고 이정우의 환한 미소가 자리를 채웠다. 그러자 케인이 말을 이어나갔다.

"정우, 그럼 이제… 동원을 귀찮게 할 시간인가?"

"그래야지. 동원아, 이제부터는 너를 좀 따라다닐까 한다. 네가 클랜이 없는 건 나도 알고 있고… 하지만 친분이 있는 클랜은 있는 것으로 알거든. 블랙 헌터, 맞지?"

"맞아."

"나도 클랜 자체는 크게 신경 쓰지 않으니 상관없어. 난 그저 내가 배울 점이 많은 사람과 함께하고 싶거든. 그게 이제 네가 되었으니… 앞으로는 너를 좀 따라다녀야겠다."

"날 따라다닌다는 게 스토커는 아닐 테고."

"같이 움직이자는 거지. 무엇을 하든 간에. 아, 물론 조건이 있어. 일주일에 한 번씩, 반드시 나와 스파링을 해줘야겠어. 그리고 거기서 내가 이기면."

"이기면?"

"또 다른 배움을 찾아 떠나야겠지. 날 이길 수 없는 사람이라면, 배울 것도 없을 테니까."

"동원, 네가 이해해라. 원래 이런 놈이야."

"후후후."

언뜻 들으면 기분 나쁘게 들리거나, 혹은 이상하게 들릴 수도 있는 이정우의 말이었지만 동원은 오히려 흔쾌히 고개를 끄덕이며 웃음을 흘렸다.

결국 이정우의 말 속에 담긴 핵심은 그것이었다. 이정우 자신이 많은 것을 배우고 싶다고 생각하고 존경하고 매력을 느낄 수 있도록 항상 최고의 위치에 있을 수 있게 자기 관리를 게을리하지 말라는 것이다.

이정우에게 질 정도로 실력이 떨어진다면 본인에 대한 관리가 철저히 되지 않고 있다는 것이고 그런 사람에게서는 더 이상 머물지 않겠다는 것이다. 발전이 없는 사람이니까.

"그 대신, 그런 일이 생기지 않는다면… 난 세상의 그 누구보다도 날 아래에 두고 있는 사람을 존경하면서 따르겠어. 친구로서, 혹은 동료로서 말이야. 난 내가 따르는 사람이 이 세상에서 가장 잘난 사람이길 원한다. 다른 건 없다."

이정우의 말에 동원은 가슴 속 깊은 곳에서 뜨거운 감정이 솟구치는 것을 느꼈다.

이정우의 말은 듣기에 따라서는 그저 힘 있는 사람을 쫓아다니겠다는 말처럼 들릴 수도 있었다. 하지만 동원의 생각은 달랐다. 이것은 동원 자신에게나 이정우에게나 자극이 될 수 있는 사실이었다.

서로가 서로를 원한다면. 동원은 이정우에게 지지 않기 위해 항상 노력해야 하고 이정우는 동원을 꺾기 위해—그것이 자신에게 동기부여가 될 것이기에—노력해야만 했다. 서로에게 윈윈인 것이다.

그래서 동원은 오히려 이정우의 제안 아닌 제안이 고마웠다.

"좋아, 그렇게 하자."

"계약 성립? 콜?"

"콜."

"좋아, 두 사람 마음을 받고 내 보증을 레이즈(Raise)하지. 받으려면 또 마음을 얹어주면 되는 거야."

케인이 멋진 말로 동원과 이정우의 교감을 포장해 주었다.

그날.

동원에게는 새로운 동료가 생겼다.

김혁수를 꺾은 남자.

이제는 동원을 가장 먼저 존경하게 된 한 남자.

바로 이정우였다.

어느새 이렇게 동원의 주변에는 하나둘, 능력 있는 사람들이 모여들고 있었다.

제6장
오염지대(Contamination Zone)

　짧은 한국 방문을 마친 케인은 바로 미국으로 돌아갔다.

　애초에 동원을 만나서 오염지대에 대한 이야기를 나누고 이정우를 소개시켜 줄 목적으로 입국했던 것이기 때문이다. 그 외에는 다른 볼일이 없었고 케인은 괜한 시간 낭비를 하지 않았다.

　출국에 앞서 공항 내의 카페에서 나눈 대화에서 케인은 그리 머지않은 시간에 다시 연락을 해오겠다고 말했다. 그리고 그때를 대비해서 10인 내외의 '드림팀'을 꾸려두라는 이야기도 했다. 여권이 없을 경우 미리 준비하고 발급하라는 당부도 잊지 않았다.

또 스피어 내에서 영어에 관련된 언어 습득을 해두라고
도 했다. 그래야 각국에서 모일 스피어러가 원활하게 대화
를 나눌 수 있기 때문이다.

역시 만국 공용어는 영어였다.

출국 30분 전.

미국 본토에 있는 히어로즈 클랜의 리더와 통화를 나눈
케인은 짧게는 며칠, 길어도 열흘 안으로 오염지대에 대한
탐사 결정이 내려질 것이라고 했다.

그리고 본토로 돌아가는 대로 오염지대에 대한 자세한
자료를 보내줄 것이라는 이야기도 잊지 않았다. 동원과 팀
을 초청하게 될 경우, 관련한 경비와 과정 일체를 도맡아
주겠다는 이야기도.

그렇게 케인은 미국으로 떠났다. 짧은 만남이었지만, 곧
다시 만날 것이라 생각하니 아쉽지는 않았다.

"집은 어떻게 할 생각이야?"

"근처에 원룸 없어?"

"많지."

"그러면 상관 없어. 돈이야 충분하니까. 저번에 한 번 날
잡고 보상 스피어를 전부 골드바로 바꿨던 적이 있거든. 현

금화하니까 1억 정도 되던데. 덕분에 돈은 충분해. 어차피 엄한 데 돈 썼던 것도 아니니까."

방을 구하려면 어쨌든 최소 500만 원의 보증금에 매월 40만 원의 월세는 낼 수 있어야 한다. 스피어러로 살게 되면서 아르바이트 일을 그만둔 동원이었지만, 필요할 때마다 골드바로 바꿔 현금을 마련했던 덕분에 돈이 부족하지는 않았다.

하지만 넉넉한 것도 아니어서, 딱 필요한 곳에만 돈을 쓸 수 있을 정도였다.

한데 이정우는 기분도 낼 겸 100 스피어 정도를 모두 골드바로 바꾸었던 모양이었다. 그러니 1억 정도의 '엄청난' 여유가 있는 것이다.

단, 최근 이런 식으로 골드바를 팔아 현금화하는 스피어러들이 늘어나면서, 전 세계적으로 금값이 하락하는 추세에 있었다.

그래서 초창기 120만 원 선에서 거래가 되던 스피어러들의 골드바는 어느덧 100만 원 선이 무너지고 90만 원대 후반으로 접어들고 있는 중이었다.

그래도 아직까지 골드바는 이용 가치가 충분했다. 스피어러들이 돈 걱정을 하지 않고 생활하기엔 문제가 없었다.

"자연스럽게 내가 사는 곳 근처에 집을 구하려고 하는군."

"멀어서 뭐하게? 몸이 가까워야 마음도 가까워지는 거지. 그러면서 정이 들어가는 거야. 안 그래? 후후."

이정우는 확실히 말수가 적고 차분한 동원과 달리 톡톡튀는 구석이 있었다. 전투를 할 때만큼은 동원처럼 모든 정신을 집중해 역량을 쏟아 붓는 것 같았지만, 그렇지 않을 때는 농담을 즐겨하곤 했다.

"그럼 내가 사는 곳으로 가자. 앞으로 나와 함께 다닐 생각이라면 그게 좋겠지."

"너뿐만이 아니라 네 동료들도 소개시켜 주었으면 해. 너와 같은 사람을 따르고 함께하는 사람이라면, 보지 않아도 어떨지 알 수 있으니까."

이정우는 벌써부터 기대하는 듯한 눈치였다. 돌아가는 데로 황찬성, 황찬열, 그리고 김윤미와 규현을 소개시켜 줄수 있을 것이다. 이유리와 서희는 아직 부산에서 올라오지 않았으니 시간이 좀 걸리겠지만.

"그러면 말이야. 김혁수 씨는 그 얼티밋에 끝이 난 건가?"

동원은 오염지대에 대한 이야기를 이정우와 함께 케인으로부터 듣고 그를 배웅하느라 미처 물어보지 못했던 김혁수에 대한 이야기를 물었다.

궁금했다. 과연 검을 든 그를 이정우는 어떻게 이길 수 있었던 걸까.

"아냐, 그때는 얼티밋이 없었지. 난타전이었어. 하지만 워낙에 모션이 크다보니 내 속도를 따라오지 못하더군. 그 사람의 검격은 분명 일격 하나하나가 강력하지만, 그로 인해 기동성을 꽤 많이 포기한 느낌이었어. 시종일관 내 움직임에 끌려다니다가, 올려차기 이후로 이어진 콤보에 끝이 났지. 너도 예상하겠지만 올려차기가 정말 무섭거든. 상대 입장에선 공중에 떠 있는 동안 오만 생각을 다 하게 되지. 내 입장에선 그 다음 연계 공격을 어떻게 나갈지 생각하게 되고."

"왜 나에게는 쓰지 않았어?"

"그럴 기회가 없었으니까. 너는 내 생각보다 훨씬 빨랐어. 그나마 얼티밋을 쓰고 나서야 호흡이 맞춰졌다고 생각했는데, 아차 하는 사이에 바로 빈틈을 내준 거지. 동원아, 너는 생각 그 이상으로 강해."

"음."

이정우는 랭킹을 매긴다면 동원이 1위의 자리에 있을 것이라 생각했다.

물론 동원 본인은 랭킹에는 관심이 없었다. 랭킹이 높다고 해서 목숨이 두 개인 것도 아니고 랭킹이 낮다고 해서 목숨이 없는 것도 아니다. 누구나 목숨은 하나로 똑같고 죽으면 흔적도 없이 사라지는 건 같았다. 서열 나누기는 무의미했다.

"케인 같은 히어로즈의 간부들이나 리더를 만나고 싶어도 만나지 못하는 사람들이 차고 넘쳐. 세계의 수많은 스피어러가 히어로즈 클랜에 연을 두고 싶어 하지만, 히어로즈 클랜은 대외 관계에 있어 매우 엄격한 클랜이야. 그런 히어로즈 클랜에서 너를 직접 만날 사람을 보내고 제안을 해온다는 건 매우 특별한 거야. 정작 너는 대수롭지 않게 생각하는 것 같지만 말이야."

"무슨 말인지 알겠어. 그런데 정우, 너는 왜 히어로즈 클랜에서 나온 거야?"

동원이 물었다. 굳이 왜 좋은 길을 놔두고 대한민국으로 돌아오는 길을 선택한 걸까. 자유분방해 보이고 개성 있는 이정우의 모습은 분명 대한만국보다는 미국의 문화에 많이 물들어 있는 모습이었다.

"내가 중심이 될 수 없었거든. 리더와 케인은 아니라고 했지만, 알게 모르게 나와 같은 동양인에 대한 차별이 있었어. 목숨이 오가는 세계에서 무슨 차별인가 싶었지만, 정말 있더군. 그 뒤로 정이 떨어졌어. 그런 곳에서 인정받으려 발버둥치고 싶지도 않았고. 그러던 중에 대한민국의 퍼스트 네임드 슬레이어인 너에 대해서 알게 된 거고 너를 만나

볼 겸 귀국을 했다가 먼저 가온을 찾아가 본 거지. 그리고 비공식으로 스파링을 했고 김혁수가 졌지. 그래서 케인에게 부탁한 거야. 우리나라에 올 일이 있으면 겸사겸사 널 소개시켜 달라고."

"그리고 이렇게 내 옆에 있게 됐네."

"그렇지. 앞서 했던 말을 오해할까 봐 다시 말하는데, 중심이 될 수 없어서 나왔다는 게… 내가 대장 노릇을 하고 싶어서 그랬다는 게 아냐. 누군가를 돕는 핵심적인 역할을 할 수 있다면, 그것만큼 뿌듯한 일도 없을 거야. 그런 역할이 히어로즈에서는 주어지지 않았어. 하지만 네 곁에 있으면 어떤 일을 하더라도, 네게 큰 힘이 되어줄 수 있고 중심이 되어줄 것 같아서 결정을 내린 거다. 다른 건 없어. 물론 그럴 만한 가치가 있다는 걸 네가 계속 보여주어야겠지만."

이정우는 정말 말수가 많은 편이었다. 이정우 같은 타입은 쌍둥이 형제랑 잘 어울릴 것 같았다. 특히 농담과 잡담을 즐기는 황찬성과 더더욱.

자신과 비슷한 듯하면서도 다른 점이 많은 이정우의 모습이 동원은 매력적으로 느껴졌다. 이정우는 시종일관 밝은 모습이었다. 차분하고 신중한 편인 자신과 비교해 본다면, 덜렁거리는 구석도 있어 보였다.

"오염지대… 어떨 것 같아? 자세한 건 케인이 정리해서 보낼 자료들을 살펴봐야겠지만. 케인의 말에 따르면 그 섬에 있는 포탈을 타고 넘어온 외계 생명체들이 있을 수도 있다는 이야기인데."

동원이 자연스럽게 화제를 돌렸다.

케인이 말한 오염지대에 대한 이야기 중에서는 선발대가 잠시나마 탐사하고 보고했던 정체불명의 언어를 구사하는 외계 생명체가 있었다는 내용이 있었다. 분명 언어라고 했다.

아수라나 변이체가 내뱉었던 단발성 외침이 아닌 그들만의 어떤 언어적 결합으로 이루어진 문장이었다는 것이다.

"이젠 나올 때가 됐어."

화제가 무거운 주제로 바뀌자, 이정우의 표정도 덩달아 차분해졌다.

"지능을 가진 생명체. 언어를 가지고 소통하는 존재."

동원이 이정우의 말에 내용을 보탰다.

"그런 존재가 있을 수밖에 없잖아. 스피어는 어느 날 갑자기 생겨난 것이 아니라고 생각해. 포탈의 목적은 하나였어. 포탈 너머의 세계를 넘보고 포탈 주변의 공간을 잠식시키기 위한 것이 목적이었잖아? 그리고 빅 웨이브를 통해서 많은 수의 스피어러를 제거했지. 스피어는 그놈들로부터 우리를 지킬 수 있는 힘을 키우는 장소지만, 포탈과 안개는 아니야. 우리를 죽이기 위한 장소지. 그렇다면 그 배후에 아무런 존재가 없다는 건 말도 안 되는 일이지. 진작 나타났어야 할 놈들이야. 난 그렇게 생각한다."

"외계 생명체와의 조우라… 포탈의 비밀이 풀리는 걸까?"

"난 이번에 오염지대 탐사에 참여하게 된다면, 적어도 그 비밀에 근접할 수는 있을 거라 생각해."

이정우가 고개를 끄덕였다. 동원 역시 이정우와 같은 생각이었다. 그래서 더더욱 이번 오염지대 탐사에 기대를 걸고 있었다.

물론 기존 포탈에서 네임드 변이체와 일반 변이체를 상대해서 얻을 수 있는 것, 그 이상의 보상을 얻을 가능성도 있다는 기대감도 한몫을 했다.

케인이 귀국하는 와중에도 오염지대에 대한 탐사를 위해 또 다른 탐색대가 파견될 예정이라고 했으니, 정보는 계속해서 추가될 터다.

동원은 전보다 더 긴밀하게 케인과 연락을 유지하기로 했다.

그날 밤.

동원은 이정우를 황찬성과 황찬열, 김윤미와 규현에게 소개시켜 주었다. 다들 반갑게 이정우를 맞이하는 모습이었다.

동원에 대한 신뢰가 기본적으로 있었기 때문에, 동원이 데려온 새 동료에 대한 거부감 역시 없었던 것이다.

오히려 이정우가 가진 능력에 대해 매우 궁금해하는 눈치였다.

코드가 잘 맞는 것은 예상했던 대로 이정우와 황찬성이었다.

두 남자는 어지간한 수다는 저리가라 할 정도로 재잘재잘 계속해서 이야기를 나눴다. 다른 사람들은 듣고 나서 헛웃음을 흘릴 유머도 두 사람은 배를 붙잡아가며 낄낄거리며 대화를 나눴다.

게다가 이정우가 발을 쓰는 능력이 있다는 사실을 알고 쌍둥이 형제가 체술을 기반으로 한 기술을 쓴다는 사실을 공개하고부터는 더더욱 서로에 대한 관심이 커졌다.

어렸을 적부터 레슬링에 대한 동경이 있었다는 이정우는 황찬성이 보여주는 다양한 레슬링 기술에 탄성과 박수 갈

채를 보냈다.

지켜보던 황찬열이 '형의 천생연분'이 드디어 나타났다고 할 정도였으니 말이다.

황찬성 역시 이정우가 보여주는 기술을 볼 때마다 엄지손가락을 치켜세우며, 이정우를 갑환이 형님이라고 불렀다.

어렸을 적 자신이 즐겨하던 게임 '킹 오브 파이터즈'에 나오는 대한민국 캐릭터 중 하나인 김갑환을 닮았다는 게 그 이유였다.

웬만해선 황찬성의 뜬금없는 개그에 잘 웃지 않는 동원도 막상 떠올려 보니 비슷한 것 같아 웃음이 터져 나왔다.

이정우는 빠르게 동원의 동료들에게 스며들어 갔다. 대화는 화기애애했고 이정우는 날이 밝는 대로 황찬성과 함께 방까지 구하기로 계획도 잡았다.

세 사람은 내친김에 김단비가 일하고 있는 바에 찾아가서 칵테일까지 마시기로 결정했는지, 동원에게 와서는 잔하고 오겠노라며 인사를 건네고는 떠났다. 마치 오래전부터 알고 지낸 동네 형동생 사이처럼, 물 흐르듯 일어난 일이었다.

그러는 동안 이정우와 인사를 마친 김윤미는 요즘 계속된 강훈련으로 인한 피로를 달래기 위해 일찍 잠을 청하러

갔고 동원과 규현만이 대화의 장소였던 공터의 벤치에 남아 이야기를 나누게 됐다.

"이제는 형님이라고 편하게 부를까 합니다. 괜찮으시죠? 제가 동생이니 말은 편하게 놓으셔도 됩니다. 생각보다 격식을 차린 지가 좀 된 것 같아서요. 이제는 낯설 때도 지났고 해서요."

"그래, 그렇게 하자."

규현은 말을 놓자는 제안으로 이야기의 첫 단추를 열었다. 진지한 표정으로 말을 이어나가는 것이 평소와는 뭔가 달라 보였다.

서희는 내일이면 돌아온다고 했다. 그리고 돌아오는 대로 중요한 몇 가지 이야기들을 동원과 나누고 싶다고 했다. 그래서 어떤 이야기일까 궁금해하던 차에, 먼저 규현이 말을 걸어온 것이다.

"리더가 먼저 말을 꺼내지 말라고는 했지만, 필요한 이야기는 해두는 게 좋을 것 같아서요. 혹시나 리더와 대화를 나누면서 생길 수도 있을 법한 의문이나 오해를 미리 방지하기 위한 측면도 있습니다."

"편하게 계속 얘기해 봐."

동원이 살짝 긴장한 듯한 규현의 모습을 보고는 그가 좀 더 편하게 이야기할 수 있도록 살짝 미소를 지어주었다. 그러자 한결 누그러진 표정으로 규현이 말을 이어나갔다.

"내일… 리더는 형님에게 제안을 할 거예요."

"어떤 제안을?"

"전혀 모르시겠어요?"

되묻는 규현의 눈빛이 반짝였다.

예상은 하고 있는 동원이었다. 지금 이 시점에서 서희가 꺼낼 만한 제안이라면 한 가지밖에 없다.

"아니, 충분히 알 것 같지만."

"알고 계신 그대로예요. 중요한 이야기는 리더와 하시게 되겠지만 그 전에 이 말씀은 꼭 드리고 싶어서요. 솔직한 제 마음이고 동시에 제 아래에 있는 클랜원들의 마음이기도 합니다. 편하게 들어주셨으면 좋겠어요."

"괜찮아. 얼마든지 얘기해 봐."

동원이 고개를 끄덕였다.

그러자 규현이 주변을 살짝 둘러보고는 마른기침을 두어 번 토해냈다. 막상 중요한 이야기를 하려고 하니 좀처럼 입이 떨어지지 않는 모양이었다.

"저희 클랜에는 형님이 필요합니다. 구심점이 되어줄 수 있는 사람이 필요해요. 이건 리더를 무시하는 건 절대 아닙니다. 이미 리더와도 대화가 끝난 이야기구요. 우리 클랜에는 살림살이를 도맡아 하고 착실한 내조를 해줄 어머니는 있지만, 궂은일을 도맡아하며 힘을 실어줄 수 있는 아버지가 없는 실정이에요. 저는 클랜원들을 어느 정도 통솔할 수는 있지만, 상황을 이해하는 눈은 많이 부족합니다. 솔직히 말해서 앞가림만 겨우 하는 실정이죠. 자책이 아닙니다. 냉정한 판단이죠."

"2% 부족한 상황이지. 중요한 상황에서 확실하게 치고 나갈 수 있는 사람이 부족하니까."

동원 역시 냉정하게 답을 건넸다. 규현은 격하게 고개를 끄덕였다. 본인 스스로가 가장 깊게 체감하고 있는 부분이었기 때문이다.

"맞습니다. 솔직하게 말씀드리면, 단순히 그런 이유뿐만이 아니라⋯ 그 누구도 쉽게 범접할 수 없는 힘을 가진 형님의 실력이 탐이 납니다. 다른 클랜의 사람으로 만나고 싶지 않아요. 리더에게는 클랜을 키울 비전이 있고 목표가 있어요. 하지만 클랜의 핵, 그러니까 코어(Core)의 역할을 해줄 사람이 없어요. 그래서 형님이 필요합니다. 아주 현실적인 이유로 형님을 클랜으로 모시고 싶은 거죠. 그 사전 작업으로 찬성이와 찬열이, 그리고 윤미를 데려온 거구요. 이제⋯ 유리 씨도 합류를 하겠죠."

전부 예상대로였다.

이미 사전에 찬성, 찬열, 윤미와 충분한 교감을 통해 클랜에 가입을 하도록 만들었다는 것은 동원도 알고 있었다. 다만 동원은 이후의 행보에 대해 잠시 결정을 보류하고 있었을 뿐이다.

이제는 분명 선택을 해야 했다.

이왕이면 오염지대 탐사를 떠나기 전, 이 문제를 완벽하게 정리해 두면 좋았다. 규현이 꺼낸 이야기는 시기적으로도 적절한 것이었다.

"혹시나 지금 이 이야기가 리더와 제가 독단적으로 클랜원들의 의견을 무시하고 꺼낸 이야기라고 생각하실 수 있기에, 오해하지 않도록 말씀드리는 겁니다. 이미 클랜원들과의 대화는 끝이 났습니다. 형님이 받아들여 주신다면, 저희 클랜원들은 정말 기쁜 마음으로 형님과 함께할 준비가 되어 있습니다. 그 점을 꼭 알아주세요."

규현이 동원의 양손을 꼭 붙잡았다. 좀처럼 본 적 없는 규현의 진지하고도 간절한 눈빛이었다.

동원도 알고 있었다.

규현이 얼마나 이 클랜에 애정을 가지고 있으며, 서희와 함께 클랜의 발전시키기 위해 어떤 노력을 하고 있는지를.

서희는 클랜 간의 수많은 알력 다툼과 견제 속에서 균형추를 잘 잡아가며, 현명하게 클랜을 운영해 왔다. 이번 협

의체 참여를 통해 인지도도 크게 상승했고 소리 소문 없이 스피어러들 사이에서 인정받는 클랜으로 급부상하고 있는 중이었다.

규현은 최근 계속해서 이뤄지고 있는 클랜 설명회에서 아직 소속을 정하지 못한 스피어러들에게 블랙 헌터의 장점과 메리트를 어필하며, 적극적으로 클랜원들을 유치하고 있었다.

사람들 앞에 나서기를 꺼려하는 그의 성격을 놓고 보면 정말로 대담한 변화였다.

"물론 어떤 결정을 하더라도 원망하지는 않을 겁니다. 그 어느 누구도 선택을 강요할 수는 없으니까요. 더 큰 부담이 되지 않도록 먼저 자리를 비우겠습니다. 내일 다시 봬요."

규현이 눈치껏 동원에게서 자연스럽게 멀어져 갔다. 자신이 옆에 있는 것만으로도 동원이 부담스러워 할지도 모른다는 생각에서였다.

그날 밤, 그리고 새벽.

동원은 홀로 침대 위에 누운 채, 깊은 생각에 잠겼다. 자신의 거취에 대한 처음이자 마지막 고민이었다.

앞으로 같은 문제도 두 번 고민을 하고 싶지는 않았다.

스피어러로서 스피어와 생존에 관련된 것 외의 문제에 시간을 낭비하는 것만큼 어리석은 일은 없기 때문이다.

그렇게 하루의 시간은 빠르게 지나갔다.

그리고 귀국을 마친 케인이 오염지대에 관련해 정리하고 추가된 자료를 보내기로 약속한 시간을 한 시간 정도 남겼을 즈음. 서희로부터 연락이 왔다.

제7장

블랙 헌터(Black Hunter)

"후우, 많이 기다렸어요?"

"아니에요. 방금 운동을 마치고 들어오는 길입니다."

서희를 만난 것은 동원의 집에서였다. 주변의 시선에서 가장 자유로우면서, 조용히 이야기를 나누기에는 최적의 장소였기 때문이다.

방금 전까지 동원과 함께 인근에 있는 학교의 운동장 트랙을 질주했던 이정우와 쌍둥이 형제는 황찬성의 집에서 목욕을 하기 위해 떠나고 없었다.

규현은 근처 포탈에서 나타난 변이체들을 상대하기 위

해, 클랜원들을 소집해 이동한 상태였다.

"유리는 내일 모레 올라올 것 같아요. 내일 발인이지만, 부모님을 하루 정도 옆에서 더 지켜드리고 싶어 하는 것 같아요. 그래서 저는 먼저 올라왔고 유리는 모레 첫차로 올라온다고 해요."

"고생 많았어요. 서희 씨."

"어제 규현이랑 얘기했다고 들었어요. 멍청한 녀석이… 그렇게 입 좀 다물고 있으라고 얘기했는데, 먼저 얘기를 해 버렸네요. 혹시나 경우 없는 헛소리를 늘어놓은 건 아닌지 걱정되네요."

"아닙니다. 그런 얘기는 없었어요. 아주 중요한 얘기들이었고 꼭 해야만 하는 이야기였습니다."

동원이 고개를 저었다.

"동원 씨는 돌려 말하는 것 좋아하지 않으니까 본론부터 얘기할게요. 괜찮죠, 동원 씨?"

"물론입니다."

"동원 씨, 블랙 헌터에는 동원 씨가 필요해요. 동원 씨에게 모든 것을 맞춰줄 수 있어요. 동원 씨가 리더의 자리를 원한다면 얼마든지 리더의 자리를 줄 수도 있어요. 저는 블랙 헌터가 최고의 클랜이 되기를 바라지만, 그 안에서 꼭 제가 정점에 있길 바라지는 않아요. 제 위치는 어디든 상관

없어요. 우리 클랜이 더 발전해 나갈 수 있다면요."

예상했던 영입 제안이었다.

하지만 내용은 동원이 생각했던 것 그 이상이었다. 그녀는 아주 잠시의 망설임도 없이 리더의 자리를 내어줄 수도 있다는 이야기를 꺼냈다. 거짓이 아닌 진실이 담긴 표정으로.

하루의 시간 동안, 퀘스트 수행을 위해 입장했던 때를 제외하고는 클랜 문제에 대한 고민을 했던 동원이었다.

이후 클랜 내에서 어떤 역할을 할지, 그리고 어떤 방향으로 클랜의 미래를 이끌어 나갈지에 대해서도. 아주 적은 가능성이었지만 서희가 방금 꺼낸 제안과 같은 내용에 대해서도 고민을 했었다. 경우의 수는 한 가지만 존재하는 것은 아니기 때문이다.

"빠른 답이 좋겠죠."

"맞아요. 이 자리에서 결론이 나길 원해요."

"결론부터 말하죠. 블랙 헌터로 들어가겠습니다. 단, 조건이 하나 있어요."

동원이 고개를 끄덕이며 승낙의 의사를 밝히자, 서희의 얼굴이 순식간에 환해졌다. 만약 어두운 방이었다면, 정말 밝은 빛이 반짝였을 것 같을 정도로 환한 미소였다.

"아… 조건, 조건이요. 말해주세요, 동원 씨."

동원의 흔쾌한 승낙에 기쁜 표정을 짓던 서희는 동원이 이어서 남긴 말을 떠올리고는 표정을 다시 가다듬었다.

"이 부분은 확실히 했으면 합니다. 클랜에 가입하더라도 클랜의 운영이나 대외적인 활동, 관리에 관한 전반적인 부분은 지금처럼 서희 씨가 관리했으면 합니다. 이건 책임을 떠넘기는 게 아니라, 각자가 최고의 효율로 활약할 수 있는 분야를 맡자는 얘기예요. 저는 그 대신 클랜원들을 모두 아우르고 통솔하며, 클랜 단위 혹은 파티 단위의 퀘스트 등을 원만하게 수행할 수 있도록 하겠습니다. 즉, 전투에 관한 부분을 전담하겠다는 이야기죠."

동원은 확실하게 선을 그었다.

자신에 대한 냉정한 평가를 바탕으로 내린 객관적인 결론이었다. 클랜을 운영하고 각 클랜 간의 관계를 조율하며 머리를 쓰는 일은 서희가 자신보다 훨씬 탁월했다. 이미 그동안 블랙 헌터를 운영해 온 서희의 행보를 보면 충분히 알 수 있는 것이었다.

전투에 관한 전반적인 것들은 동원이 자신이 있었다. 상황에 맞는 빠른 판단력과 추진력을 가지고 있다고 생각했다. 그래서 어제 규현이 했던 말처럼, 어머니의 역할은 서희에게, 아버지의 역할은 동원 자신이 담당하고자 했던 것이다.

"동원 씨가 리더가 될 수는 없어요? 저는 정말 괜찮아요. 동원 씨를 전력으로 보조할게요."

"지금 이대로의 블랙 헌터에서 행동의 중심축만 살짝 제게 옮겨 오는 것만으로 충분하다고 생각합니다. 아까 말했던 것과 같은 이야기에요. 대외적인 부분은 서희 씨가, 내부적인 부분은 제가 맡겠다는 겁니다. 그게 가장 최고의 시너지 효과를 낼 수 있는 조합이니까요."

"동원 씨……."

순간 서희의 눈가에서 이유를 알 수 없는 눈물이 글썽거렸다. 동원이 클랜에 합류할 의사를 밝혀서일까? 아니면 정말 객관적으로 상황을 판단하고 최고의 답을 생각하고 선택한 동원의 마음이 고마웠기 때문일까? 이유는 알 수 없었지만, 서희가 두 눈가에 고인 눈물을 훔쳐 내고는 말을 이어나갔다.

"고마워요. 함께해 줘서요. 그 대신 제 목숨을 걸고 약속할게요. 이 클랜, 제가 반드시 대한민국 최고의 클랜으로 만들겠어요. 반드시. 제 목숨을 걸어서라도요."

"목숨을 건다는 얘기만 빼고는 마음에 드는 말이군요. 목숨은 함부로 걸지 말아요. 죽는다는 얘기, 별로 좋아하지 않거든요. 하물며 제게 중요한 사람이라면 더더욱."

"알겠어요. 제 모든 노력을 다해서라도 최고의 클랜으로 만들어 보일게요. 약속할게요."

서희의 결연한 표정이 그녀의 굳은 의지를 단적으로 보여주고 있었다. 동원은 그렇게 클랜에 대한 고민을 마무리 지었다.

블랙 헌터(Black Hunter).

가능성이 무궁무진한 클랜이었다. 동원은 서희가 목표로 삼고 있는 최고의 클랜, 그 말이 허황된 꿈이 아니라 확신하고 있었다.

이렇게 해서 블랙 헌터는 동원을 중심으로 뭉친 클랜으로 거듭나게 되었다. 대외 활동은 서희가 대부분을 전담하게 되겠지만, 중심축이 동원임은 부정할 수 없는 사실이었다.

동원은 이정우가 돌아오는 대로 블랙 헌터 가입에 대한 이야기를 전하고 그 역시 자신과 함께하도록 제안을 건넬 생각이었다. 동시에 서희에게도 인사를 시킬 생각이었다. 아직 안면이 없었으니까.

이야기가 끝난 뒤, 서희는 이유리가 동원의 선택에 따라 자신도 움직이겠다며 결정을 보류했다는 말도 전했다. 동원이 결심을 내렸으니, 그녀도 자연스럽게 블랙 헌터에 합류할 터다.

                    *   *   *

한 시간 후.

동원의 집에는 황찬성과 황찬열, 그리고 이정우와 서희
가 자리하고 있었다.

이정우는 서희와 짧고 굵은 인사를 나누고는 순식간에
속사포처럼 많은 이야기를 주고받았다.

이정우는 숨길 것 없이, 자신이 동원을 따라다니게 된 이
유를 밝혔다.

이정우는 쌍둥이 형제에게도 그 이유를 설명해 주었는
데, 그 과정에서 스파링 시스템의 존재를 알게 된 쌍둥이는
다음번 퀘스트에서 한판 붙어 보자며 이정우에게 도전장을
날리기도 했다.

판돈은 골드바 1개였다.

졸지에 굵직한 동료 하나가 더 합류하게 되자, 서희는 진
심으로 기뻐했다.

이정우는 동원의 선택에 망설임 없이 블랙 헌터 클랜으
로의 가입을 결심했고 이제 이유리만 상경하면 마지막 퍼
즐이 모두 맞춰지게 되는 셈이었다.

얼마 지나지 않아 규현에게서 포탈에서 등장했던 소규모
변이체들이 소탕되었음을 알리는 연락이 왔고 20분 정도

시간이 흐르자 규현과 윤미도 합류했다.

그러자 졸지에 좁은 동원의 방에는 남자 다섯과 여자 둘이 옹기종기 모여 앉은 채로 동원이 보여줄 자료들에 대해 모든 관심을 집중하고 있었다.

동원의 노트북에는 케인이 보낸 메일 한 통에 담겨 있던 수많은 파일들과 한글로 정리된 내용들이 다운로드되어 있었다.

동원이 그중에서 이미지 파일 하나를 열자, 우악스러운 모습을 한 꽃 그림 하나가 모습을 드러냈다.

식인 꽃 포르기네이(Poreugine)

이미지 하단에는 다음과 같은 이름이 적혀 있었다. 실존 여부는 확실치 않지만, 식인식물에 대한 이야기를 하면 반드시 나오는 이름이 바로 포르기네이였다.

그 이름과 함께 외형이 그려진 그림이 자료로 첨부되어 있었던 것이다.

"얘기가 좀 길어질지도 모르겠지만."

동원이 운을 뗐다.

그리고 천천히… 케인에게서 들었던 정보에 대한 이야기들을 하나씩 털어놓기 시작했다. 그것은 바로 지금까지 보내온 스피어러의 삶에서 일대 전환점이 될지도 모르는 오염지대(Contamination Zone)에 대한 이야기였다.

오염지대에 대한 동원의 이야기가 시작되자, 모든 사람들의 시선이 한데 집중됐다. 동원은 케인이 보내온 자료들을 하나씩 보여주며, 함께 내용을 훑기 시작했다.

"극히 일부에게만 알려진 정보라… 정말 쉽지 않겠는데요?"

황찬성이 잔뜩 긴장한 표정으로 동원의 브리핑을 듣다가 말을 꺼냈다.

"현재 이것이 탐사대가 입구에서 발견한 괴생물체라고 하는데, 식인 꽃이야. 안에서는 전자기기가 전혀 먹히지가 않는 탓에 본 것을 토대로 그림을 그린 것 같아. 언뜻 보기에는 해바라기처럼 커다랗고 동그란 꽃모양을 하고 있지만, 타깃을 지정하면 바로 틈새가 벌어지면서 입으로 돌변한다고 적혀 있다."

"아니, 무슨 체르노빌도 아니고… 좀 섬뜩한데요?"

"말 그대로 오염지대잖아. 멀쩡하게 있을 수 있는 것들은 없다고 봐야지. 안에 있던 것들은 모두 변이가 이루어졌을 거야."

황찬열이 좀 더 자세하게 포르기네이의 그림을 보고는

몸을 부르르 떨며 뒤로 물러섰다.

그림은 두 장이 그려져 있었는데, 왼쪽의 포르기네이는 평범한 꽃의 모양이었지만 오른쪽의 포르기네이는 마치 아귀를 보는 것같이 날카로운 무언가를 드러내고 있었다.

동원은 바로 다음 페이지로 넘겨, 내용을 이어서 살폈다.

"섬 전체에 퍼져 있는 안개는 짙은 습기에 가까운데, 이것 때문에 숨을 쉬는 데 약간의 방해를 받는다고 한다. 쉽게 비유를 하자면 사우나에 들어갔을 때의 느낌 정도라고 할까. 그런 느낌이라는군. 문제는 이 안개가 시야를 상당히 좁게 만들기 때문에, 시계(視界) 확보가 쉽지 않다는 거지."

"해당 변이체들을 사냥했을 때의 정보는요?"

"탐사대가 사냥을 개시하기도 전에 전멸한 모양이야. 이번 탐사대는 E랭크 5단계에서 10단계 사이의 스피어러 다수로 편성이 됐는데 전멸했다는군. 케인은 최소 D랭크 5단계 이상은 되어야 한다고 판단하고 있어."

규현의 말에 동원이 답했다. 그러자 옆에 있던 서희가 자연스럽게 말을 이었다.

"동원 씨, 이번 오염지대 탐사 건은… 히어로즈 클랜에서 동원 씨에게 공식적으로 제안을 해온 거잖아요. 우리도 참여할 수 있는 거예요?"

"아, 그러고 보니 선후 이야기를 전부 빼버리고 본론부터 말해 버렸군요. 처음부터 이야기를 하자면……."

동원이 차근차근 이야기를 풀어나갔다. 케인을 알게 된 계기부터 시작해서 그 동안 이어져 왔던 케인과의 연락, 그리고 원래부터 있었던 케인과 동원, 케인과 이정우의 친분에 대한 이야기도 이어졌다. 또한 이틀 전 케인이 찾아와 관련된 제안을 건넨 뒤, 탐사에 참여할 수 있는 동원만의 팀을 꾸려 참가하라는 말을 전했다는 얘기까지도.

핵심만 확실하게 담은 설명을 듣고 난 일행은 모두 고개를 끄덕였다. 왜 이 사실이 다른 소식통을 통해 전해지지 않았는지도 얼추 이해가 가는 모습이었다. 동원은 오염지대 탐사 건에 대해서는 확실하게 대외비를 유지할 것을 거듭 강조했다.

"어쩌다 보니 우리들만 움직이게 됐네요. 잘 알려진 랭커라면 혁수 씨도 있을 수 있겠지만……."

"생각을 잘해야 해요. 우리는 지금 클랜 단위로 움직이는 게 아니라, 가장 호흡이 잘 맞는 드림팀이 움직이고 있다는 것을요. 적어도 여기 있는 사람들은 제가 이 사람들이 어떤 기술을 쓰고 어떤 공격과 수비 성향을 가지고 있으며, 어떤 식으로 적들을 상대하는지 아는 사람들이니까요. 알지 못하는 사람과 가는 건 죽음을 자초하는 일이죠."

서희는 검증된 랭커 중 하나인 김혁수 생각이 나는 모양이었다. 물론 흘리듯 그녀가 꺼낸 말이었지만, 동원은 자신의 생각을 단호히 말했다.

이번 오염지대 탐사는 호흡이 잘 맞는 팀이 가도 고전할 가능성이 큰 곳이었다. 경험을 쌓기 위해서 가는 곳은 아니다.

한편 케인이 보낸 자료는 상당했다.

포르기네이는 차라리 양반인 축에 속했다. 좀 더 깊은 곳으로 들어가면 수십 미터에 달하는 나무의 곁가지들에도 변이가 일어나, 강산성의 수액을 쏟아낸다고 했다.

가지를 따라 떨어져 내리는 것이 있어 탐사대 중 한 명이 그것을 만졌다가 그 자리에서 손이 녹아버리고 말았다는 것이다.

뿐만 아니라 섬에 기존에 살고 있던 동물과 곤충들은 일찌감치 거대화, 변이화가 이루어져 살상에 특화된 신체구조를 가지게 되었다고 했다. 극대화된 신체적 능력은 덤이었다.

그리고 외계 생명체로 보이는 존재에 대한 발견도 있었다고 했다. 확인된 수는 하나에 불과했지만, 워낙에 섬의 규모가 크다 보니 다른 존재들이 있을 가능성을 배제할 수는 없다고 했다.

"와… 여행 경비나 절차들을 전부 다 히어로즈 클랜에서 챙겨준다는 건, 우리는 정말 몸만 가면 된다는 건가요?"

"결론부터 말하자면 그렇지. 여권이나 자잘한 개인 물품들은 따로 준비를 해야겠지만."

규현의 말에 동원이 고개를 끄덕였다. 그러자 옆에 있던 이정우가 동료들을 바라보며, 당부 섞인 말을 꺼냈다.

"이번 일에 히어로즈 클랜의 간부들이 직접 움직이는 것을 보면 결코 쉬운 것이라 할 수 없어요. 정보가 완벽하게 존재하는 퀘스트나 미션을 수행하는 것이 아니라, 우리 자체도 결국 또 다른 탐사대나 마찬가지예요. 죽을 수도 있다는 거죠. 그래서 어느 정도 고전할 가능성도 있다는 걸, 반드시 염두에 두어야 합니다."

이정우의 표정은 진지했다. 그의 말대로 목숨이 걸린 문제였다. 여행 가는 느낌으로 편히 갈 수 있는 행보는 아닌 것이다.

"저는… 저는 좀 더 실력을 키우고 싶어요. 마음 같아서는 여기 계신 분들과 함께 가고 싶지만, 아직 확신이 들지 않거든요. 신속함과 노련함, 평정심이 중요한 곳일 텐데… 잘 버틸 수 있을 거란 자신이 없어요."

김윤미가 조심스럽게 손을 들고는 미안한 표정으로 말을 이었다.

그녀는 정말 미안해하는 표정이었다. 하지만 그녀 본인 스스로가 아직 자신의 실력에 자신이 없었고 자신이 보탬이 되기보다는 짐이 될 것 같다고 판단한 것 같았다.

"윤미 씨의 의견을 존중할게요. 강요하진 않을 겁니다."

동원이 고개를 끄덕이며, 그녀의 어깨를 토닥여 주었다. 스스로를 냉정하게 판단한 김윤미의 옳은 선택이었다. 동원도 아직까지는 김윤미가 실전에서 원활하게 팀플레이를 펼치기엔 시간이 좀 더 필요하다 생각하고 있었다.

"감사해요. 그 대신, 꾸준히 훈련하고 퀘스트를 수행하면서 실력을 갈고 닦고 있을게요. 포탈 경계도 확실하게 하고요."

"윤미야, 괜찮겠어?"

"괜찮아요, 언니. 아니, 리더."

"됐어, 그냥 편하게 불러. 언니든 뭐든 상관없으니까."

서희가 김윤미의 손을 꼭 붙잡아 주었다. 그러자 상기되어 있던 김윤미의 표정도 사르르 풀렸다.

그녀는 남성 클랜원들에게는 어머니 혹은 누나 같은 든든함을, 그리고 여성 클랜원들에게는 친언니같이 친근한 사람이었다.

최근 부쩍 서희와 가까워진 김윤미는 그녀의 말이라면 항상 믿고 신뢰했다.

"저는 갑니다. 바늘 가는 데는 실이 가야 해서요."

참여 의사를 밝힌 것은 이정우였다.

"저희가 빠지면 섭섭하지 않겠습니까? 다른 것도 아니고 대한민국 최초로 참여하는 탐사인데요. 어차피 항상 삶과 죽음의 경계에서 살고 있는 우리들 아닙니까? 저는 당연히 도전하는 게 맞다고 봐요."

"무조건 갑니다."

이어서 황찬성과 황찬열이 참여 의사를 밝히고.

"저도 갈게요. 가기 전에 포탈 관리에 대해서 좀 더 완벽하게 안배를 해둬야 할 것 같지만, 그동안 클랜원이 꽤 늘었으니까요. 큰 무리는 없을 것 같아요. 아니면 만약을 위해서 다른 클랜에 협조를 요청해 두죠. 공백이 너무 크면 안 되니까."

"리스크에 대한 두려움보다는 보상에 대한 기대가 솔직히 더 큽니다. 예상하지 못한 무언가를 얻을 수 있을 것 같은 느낌이 들거든요. 저도 참여하겠습니다."

서희와 규현까지 참여 의사를 밝히자, 현재 이 자리에서의 참가자는 총 여섯이 되었다. 동원, 이정우, 서희, 규현, 황찬성, 황찬열이었다. 여기에 내일 이유리가 올라오는 대로 이야기를 나누고 나면, 참가 여부에 따라 여섯 아니면 일곱이 될 것이다.

그렇게 이야기는 끝이 났다.

오염지대, 케인이 방대한 양의 자료를 보내주기는 했지만 이 자료들로도 섬 면적의 10% 정도 되는 규모에 대한 파악밖에 되지 않았다.

이제는 범죄자들로 구성된 탐사대를 보낼 수도 없는 실정이었고 이 사실이 공개적으로 알려지게 되면 인권 차원의 문제가 될 수 있어 미국 정부에서도 추가 탐사대 파견은 없을 것이라 말했다고 했다.

즉, 스피어러들이 직접 탐사를 해야 할 시점이 된 것이다. 오염지대의 등장은 그저 포탈과 안개, 그리고 변이체들만 존재할 것이라 생각했던 스피어러들의 패러다임을 완벽하게 뒤흔든 것으로 빠른 파악이 필요했다.

이런 오염지대가 현재 각국에 위치한 포탈 근처에서 생겨나기 시작한다면, 지금처럼 방벽을 구축하고 스피어러들을 촘촘히 배치하는 것만으로 끝날 문제가 아니게 되기 때문이다.

10%의 정보를 가지고 90%의 미확인 지대에 대한 위험을 감수한 탐사를 해야 했다.

그 여느 때보다도 목숨을 걸어야만 하는 일이었고 그래서 동원은 평소보다 더욱 긴장하고 있었다. 어떤 존재들과 마주칠 지 짐작조차 가지 않았으니까.

다음 날.

동원은 블랙 헌터로의 입단을 예정대로 진행했다. 그리고 클랜원들을 대상으로 한 입단 소감에서, 서희가 나누었던 이야기들의 대부분을 공개했다. 향후 클랜 운영에 대한 가이드라인의 제시였다.

클랜원들은 그런 동원의 결정을 지지하고 존중했다. 가장 이상적인 구조라고 생각했기 때문이다.

그렇게 해서 서희는 리더의 자리를 유지하면서 대외적인 일을 중점적으로 맡게 됐다. 그리고 동원은 클랜에 소속된 포탈을 좀 더 효과적으로 관리하면서, 앞으로 펼쳐질지도 모를 전투에 대한 확실한 대비를 중점적으로 하기로 했다.

조부상을 잘 치르고 때맞춰 상경한 이유리는 앞서 서희와 이야기를 나누었던 것과 동원의 결정을 합쳐, 블랙 헌터로의 합류를 마쳤다. 동원의 동료들이 모두 블랙 헌터의 일원이 된 것이다.

클랜의 핵심 전력이라고 해도 무방할 실력 있는 스피어러 대다수가 클랜에 합류하자, 클랜원들은 열광했다. 화룡

점정은 역시 동원이었다.

이 소식은 스피어러들의 커뮤니티를 따라 날개 돋친 듯이 퍼져 나갔다. 당연히 가온의 리더인 김혁수의 귀에도 들어갔고 동원은 김혁수로부터 클랜 가입을 축하하는 전화까지 받았다.

내용은 블랙 헌터 클랜의 무궁한 발전과 동원의 성공을 빌겠다는 덕담이었지만, 동원은 김혁수의 말에서 이제 블랙 헌터를 관심권에 두고 꾸준히 예의주시하겠다는 일종의 경고와 같은 뉘앙스를 느꼈다.

게다가 이정우까지 블랙 헌터에 가입했다는 사실을 알게 되었는지, 동원에게 블랙 헌터로부터 다량의 스페셜 스피어 혹은 스피어 지원을 약속받은 것은 아니냐는 의심 섞인 질문을 농처럼 던지기도 했다.

사람 좋은 웃음소리와 함께 장난이라고 에둘러 말했지만, 동원은 그 말 속에 숨긴 가시를 충분히 느낄 수 있었다.

어차피 입단 사실이 알려지게 될 것이라는 건 예상한 일이었다. 김혁수에게는 신경 쓰이는 일이 되겠지만, 그건 김혁수의 사정이다.

동원은 앞으로 서희와 함께 클랜의 발전을 위해 함께 노력하고 발전적인 토론을 이어가며, 드디어 시작된 클랜 간의 활발한 지각 변동에 힘을 실을 생각이었다.

그리고 이유리 역시 예상했던 대로 참여 의사를 밝혔다. 동원의 동료 중에서 유일하게 불참하는 사람은 김윤미였다.

동원은 다음번에 또 기회가 생긴다면, 그때는 꼭 함께하자는 말로 김윤미를 격려해 주었다.

제8장
워밍업

　오염지대 탐사가 확정되고 준비는 착실하게 진행되어 갔다.

　우선 서희는 오염지대 탐사 기간 동안에 생길 클랜의 공백을 최소화하기 위해, 각 포탈에 배정된 스피어러들의 분배를 다시 한 번 조정했다. 그리고 친분 교류 관계가 있는 소규모의 클랜들에게 약 한 달간의 포탈 협력 수비 및 회수된 스피어를 약속함으로써 일부 포탈에서 예상되는 인원의 공백을 없앴다.

　통제 포탈이 없는 소규모 클랜의 입장에서는 협력 수비

제안도 감사한 것이라, 서희의 제안을 받아들이지 않을 이유가 전혀 없었던 것이다.

그러는 동안 여권이 없는 사람들은 여권을 발급받기 위해 분주하게 움직였고 동원은 출발하기 전까지 함께 갈 동료들이 모두 C랭크 10단계의 조건을 달성하여 얼티밋을 배울 수 있도록 독려했다.

그 결과, 출국을 하루 앞두고 모든 참여자들이 얼티밋 기술 습득을 마쳤다.

일행 중 유일하게 동원만이 C랭크 3단계였는데, 그것은 하드 모드를 꾸준히 수행해 왔던 지난 시간들 때문이었다.

나머지 여섯은 모두 C랭크 10단계를 달성한 상태였고 이정우의 경우에는 C랭크 10단계에서 더 이상의 랭크 상승을 멈춘 상태로 동원처럼 하드 모드를 처음부터 클리어하며 올라오고 있는 중이었다.

이 생각은 다른 사람들도 모두 비슷해서, B랭크 1단계로 진입하기 위한 승급전을 바로 치르지 않고 하드 모드를 처음부터 수행하기 시작하며 내실을 다졌다.

실제로 최근 들어 다수의 스피어러 랭커들이 타임 어택을 보는 일이 빈번하게 발생하고 있었다.

더 빨리 높은 랭크로 올라가기 위해, 하드 모드 퀘스트를 스킵하고 노멀 퀘스트만 치러온 것에 대한 부작용이었다.

확인된 것만 해도 벌써 가온 소속의 C랭크 스피어러 세 명이 각각 6단계, 7단계, 10단계에서 타임 어택을 보는 바람에 1단계로 롤백이 이루어졌다고 했다.

그 사이에 습득하거나 구매한 물품들 역시 해당 랭크의 1단계 시점으로 롤백되면서 모두 사라졌고 그동안의 시간과 노력들이 한순간에 물거품이 되고 말았다.

그래서 스피어러들 사이에서는 C랭크에서 B랭크로 넘어가는 구간이 마의 구간으로 불려졌다.

누군가가 B랭크에 진입을 했다면 대대적인 홍보와 함께 그 사실이 충분히 알려졌을 법도 한데, 없었던 것이다.

김혁수에게서도 그런 소식은 없었다.

동원은 처음부터 내실을 다지는 방법으로 육성을 해온 덕분에 다른 동료 스피어러들에 비해서 얻은 스피어의 총량이나 분배된 스탯의 수치가 높았다.

자신의 선택은 틀리지 않았다.

이제 F랭크 단계에서 수행했던 하드 모드 퀘스트를 하나씩 클리어하며 올라와야 하는 다른 동료들과 달리, 동원은 C랭크의 노멀, 하드 모드 퀘스트를 수행하면 바로 B랭크로 올라갈 수 있었다. 타임 어택을 보는 일만 없다면, 지금 가장 속도가 빠른 것으로 보여지는 이정우보다도 먼저 B랭크에 도달할 수 있을 듯했다.

　당일.

　모든 준비를 마친 동원 일행은 김포공항을 통해 미국으로 출국했다.

　각국을 떠난 팀들 모두 미국에서 모이면, '퍼플 아일랜드 (Purple Island)'라고 새로이 이름 붙여진 남태평양의 어느 한 섬으로 가게 될 것이다.

　그곳에 베일에 싸인 오염지대가 있었다.

　그리고… 무언가가 그곳에서 자신들을 기다리고 있을 터였다.

　"이 황찬성이가 살다 살다 영어를 할 날이 오게 되다니. 그래도 편하긴 하네요. 영어로 전부 통일해서 대화하니까, 이야기하기는 편한데요?"

　"그런데 왜 이렇게 날씨가 구리냐?"

　이틀 후.

　동원 일행을 비롯한 탐사대는 퍼플 아일랜드에 도착해 있었다.

　황찬성은 오는 길에 몇 번이고 대화를 나누었던 다른 국가의 스피어러들과의 대화를 떠올렸다. 유창할 정도의 영어는 아니었지만, 의사소통에는 문제가 없었다.

영어 능력을 구매하는 데 들어간 비용은 100 스피어. 적은 것은 아니었지만, 평생을 공부해도 안 될 것 같았던 영어 회화가 가능해지게 되었다는 점은 기분 좋은 일이었다.

이정우는 오는 길 내내 좋지 않았던 날씨가 더욱 악화되어 가는 것을 보고는 인상을 찌푸렸다. 날씨는 당장에 장대비를 쏟아내도 이상할 것 같지 않은 궂은 날씨였다.

언어 능력을 구매하는 것은 점점 비용이 큰 폭으로 증가하는 구조로 되어 있어서 대다수의 스피어러들은 영어를 공용어로 삼아 배우는 모습이었다.

영어권에 사는 스피어러의 입장에서는 돈을 아낄 수 있으니 좋은 일이었다. 물론 영어를 사용하는 스피어러들이 가장 많았기도 했다.

"저쪽부터인 것 같군."

동원이 지평선 너머로 보이는 보랏빛의 지역을 가리켰다. 그 지점부터는 확실히 주변이 잘 보이지 않았고 느낌도 이곳과는 달랐다.

퍼플 아일랜드는 오염지대로 분류된 80%의 북부와 안전지대로 분류된 20%의 남부로 이루어져 있었다. 그래서 그나마 안전하게 섬 안에서 발을 디딜 만한 공간이 있었다.

남부에는 임시로나마 베이스캠프가 차려져 있었는데, 이쪽으로는 오염지대에서 나온 변이체들이 나타나지는 않는다고 했다. 아마도 대부분이 오염지대 내에서 살고 있는 모양이었다.

"1시간 뒤에 출발한다. 전투나 이동에 필요하지 않은 짐들은 풀어놓으면 된다. 국기가 꽂혀 있는 곳이 배정된 숙소야. 편한 집 정도는 안 되겠지만, 눈 붙일 정도는 될 거다."

그러는 사이 케인이 다가와 동원에게 숙소를 안내했다.

몇 개의 가건물들과 방벽들이 보였다. 그야말로 임시로 지어진 건물이라 그런지 허술한 구석이 많아 보였지만, 잠자는 곳을 가릴 상황은 아니었다.

"오는 내내 했던 얘기지만… 신기해요. 미국, 프랑스, 네덜란드, 영국, 독일, 러시아, 일본, 그리고 우리. 이렇게 8개국 총 9팀인 거죠? 미국에서는 두 팀이 왔으니까."

"응. 원래 탐사대 규모는 이것에 두 배 정도는 되었다고 하던데, 나중에 가서 말을 바꾼 스피어러들이 꽤 많았다고 하더군. 확실히 위험부담이 큰 여정이니까. 관리 중인 클랜이나 포탈에 대한 안배 문제도 있고."

이유리는 숙소마다 꽂혀 있는 깃발을 보며 신기해했다.

도합 100명에 달하는 대규모 탐사대였다.

물론 섬의 방대한 크기에 비하면, 이 정도 숫자도 부족해 보였지만 정예 전력은 이 정도가 전부였다.

히어로즈 클랜의 리더인 데이비스가 처음 탐사대를 조직할 계획을 세웠을 때는, 후보군들만 합쳐도 300명은 족히 넘었다고 했다.

그중에 적어도 삼분의 이는 참여를 할 것이라 생각했었는데, 막상 접촉을 해보니 그 절반밖에 되지 않았다는 것이다.

이유는 두 가지였다.

첫째는 예상했던 것보다 최상위 랭커라고 불릴 만한 스피어러들이 아니었다는 것이다. 그중에는 타임 어택을 보는 바람에 롤백을 당한 스피어러들도 꽤 있었다. 심지어는 접선 과정에서 잠시 퀘스트를 수행하러 들어갔다가 죽은 경우도 있었다.

둘째는 저마다 클랜 관리, 포탈 관리, 클랜 간의 견제, 위험에 대한 걱정 등등… 사정이 많았다는 것이다. 그래서 참여 의사를 철회하는 경우가 많았다.

지금 짜여져 있는 총 9팀, 100명의 스피어러들은 탐사에 대한 호기심과 위험을 감수할 각오를 마치고 온 사람들이었다. 더불어 각국에서 내로라하는 최상위 그룹에 포진한 스피어러들이기도 했다.

스피어는 게임처럼 별도로 랭킹 시스템 등을 이용해 스피어러들의 서열을 매기지는 않기 때문에 어렴풋이 짐작만 할 뿐이지만, 최소한 C랭크가 된 시점에서 전 세계 스피어러들의 상위 5%의 위치에 있음은 확실했다.

"하아, 긴장되네요."

좀처럼 굳은 표정을 잘 짓지 않는 서희도 퍼플 아일랜드의 궂은 날씨 때문인지 표정이 밝지는 않았다.

특히 오염지대의 꽉 막힌 시야가 마음에 걸리는 모양이었다.

"모두들 짐 풀고 챙기지 않은 물품들이 있는지 잘 확인하십시오. 오염지대 안으로 들어가면 따로 정비할 시간이 없을 가능성이 높으니까. 미리미리 속도 채워두고요. 들어가선 한가하게 입에 뭔가를 넣고 먹을 시간도 없을 겁니다."

동원의 말에 동료들이 바쁘게 움직이기 시작했다.

그래도 각 팀의 인원에 맞게 가건물 안에 파티션을 해놓은 덕분에 개인의 공간은 충분했다. 스피어러들이 전부 남자는 아니었기 때문에, 어느 정도는 필요한 안배였다.

물론 한데 뒤엉켜서 잔다고 해서 엄한 일을 벌일 정도로 정신 나간 스피어러는 이곳에 없었다.

출발까지 남은 시간은 1시간.

퍼플 아일랜드의 남부 베이스캠프는 그렇게 분주하게 돌

아가고 있었다.

*　　　　*　　　　*

"한국의 클랜들은 어떻습니까? 우리는 걱정입니다. 마치 전국시대를 보는 것 같은 느낌입니다. 전체를 휘어잡은 클랜이 없어요. 그리고 견제가 너무 심합니다. 하나로 뭉쳐서 치고 나가도 모자랄 판인데."

"아시다시피 가온이라는 클랜이 전반적인 흐름을 잡고 있습니다. 다만 앞으로는 어느 정도의 지각 변동이 있을 것이라는 생각은 듭니다. 물론 이에 앞서 잦은 기행과 악행으로 해체된 클랜 하나가 있으니, 아마 같은 실수를 반복하는 클랜은 없겠지만요."

"한국도 상황이 완벽하게 정리된 건 아닌 모양이군요. 미국이 참 부럽습니다. 그들은 온전히 스피어러로서 강해지는 것에만 전념하고 있어요."

40여 분 후.

생각보다 일찍 짐을 풀고 떠날 준비를 마친 동원은 베이스캠프 외곽으로 나와 몸을 풀고 있었다. 그러는 사이, 옆으로 자연스럽게 한 남자가 붙었다.

일본 팀의 스피어러. 이름은 다케우치라고 했다.

그는 일본 내에서 이름 있는 스피어러이긴 했지만, 다섯 손가락에서는 밖으로 빠지는 스피어러였다. 함께 온 동료들도 그보다는 실력이 낮았다.

물론 그렇다고 해서 실력이 없는 것은 아니었지만, 각국의 엘리트들이 소집된 탐사대의 면면을 본다면 격이 떨어지는 것이 사실이었다.

일본의 경우에는 클랜 간의 견제가 필요 이상으로 너무 심해서, 불필요한 충돌들이 여전히 많다고 했다.

언제 어떤 클랜이 뒤통수를 칠지 알 수 없기 때문에, 한시도 긴장을 늦출 수가 없다는 것이다. 그러다 보니 굵직한 클랜의 리더를 맡고 있는 스피어러 랭커들이 마음 놓고 탐사에 참여할 수 없었고 그중에서 그나마 소규모 클랜을 운영하며 묵묵히 실력을 쌓아온 다케우치와 그의 동료들이 합류한 것이다.

"예기가 대단하군요."

동원이 다케우치가 들고 있는 검을 가리켰다. 일본도였다.

"동원 씨는 건틀릿이라고 들었습니다. 어떻습니까? 쓸 만합니까? 주변 스피어러들 중에서도 건틀릿을 쓰는 경우는 거의 보지 못해, 상당히 신기합니다."

"후후, 쓸 만하니 여기까지 온 게 아닐까요."

"아, 그렇군요. 어리석은 질문을 했습니다. 하하하."

아직은 좀 어색한, 하지만 긴장을 풀기에는 충분한 대화가 오고 갔다.

여기 있는 스피어러들은 숱한 전투를 겪으며 단련이 된 사람들이었다. 그중에는 동원처럼 퍼스트 네임드 슬레이어의 명성을 얻은 사람도 있었다. 대표적인 것이 히어로즈 클랜의 리더 데이비스였다.

그는 해머(Hammer)를 주무기로 썼는데, 힘과 방어력에 상당수의 스피어를 투자한 덕분에 엄청난 괴력과 맷집을 가지고 있었다.

동원은 같은 날, 비슷한 시각에 네임드 슬레이어가 된 데이비스라면 자신의 '아수라의 분노'와 같은 버프를 구매했을 가능성이 높을 것이라 여겼다.

주변을 쓱 둘러보기만 해도 호기심이 생기는 스피어러들이 정말 많았다. 일일이 그들의 실력을 보고 느낄 수 없다는 것이 아쉽다면 아쉬운 점이었다.

미국에서 퍼플 아일랜드로 이동하는 동안, 탐사대 전원은 계속 오염지대에 관련된 브리핑과 안내를 받았다.

수면을 취하는 시간을 제외하면 거의 모든 시간이 퍼플 아일랜드의 내부 지도와 이동 루트, 탐사 계획에 대한 브리핑으로 채워졌다.

그 덕분에 출발하는 것에 대한 준비만 남아 있을 뿐, 오염지대 안에서 어디로 어떻게 이동해야 되는지와 같은 계획들은 참여하고 있는 모든 스피어러가 완벽하게 숙지하고 있었다.

안에 들어가서도 갈팡질팡 방향을 찾지 못하고 움직여서는 안 되니까.

"형님, 중앙 지점까지 갈 수 있을까요?"

"된다, 안 된다를 단언할 수는 없어. 하지만 거기서 오염지대의 변화가 시작되었으니, 원인도 분명 그곳에 있을 거야. 핵심에 접근하지 못하면, 탐사의 의미가 없어. 비싼 여행과 구경이 될 뿐이지."

망원경으로 오염지대 방향을 관찰하고 있던 황찬성의 말에 동원이 답했다.

동원은 확신하고 있었다. 단순히 포탈과 안개만으로 오염지대 형성이 이루어지지는 않았을 것이다. 분명히 매개체가 있다.

그런 것이 아니라면, 진작 다른 포탈들도 비슷한 현상을 겪었을 것이기 때문이다.

다만 그것이 무엇인지는 도무지 짐작조차 가지 않았다.
또 다른 안개? 오염지대를 형성시키는 새로운 포탈? 아니면
어떤 특수한 변이체의 등장?

"찬열이, 면도했네?"

"징크스가 있어서요. 퀘스트하기 전이나 큰일을 치르기
전에는 꼭 면도를 하는 버릇이 있어서. 안 하면 허전해요."

"말끔하니 좋은데? 앞으로는 수염 기르지 마."

"그래도 있어야 얼굴이 살죠. 없으면 너무 밋밋하니까."

황찬열과 서희도 어느새 준비를 마치고 합류했다.

이어서 이유리, 이정우, 규현도 합류를 마쳤다. 아직 소
집 시간까지는 10분이 넘게 남아 있었지만, 거의 대부분의
스피어러가 예정보다 일찍 모이는 모습이었다.

다들 기대감과 걱정, 그리고 호기심이 가득한 표정들이
었다.

꾸욱.

동원의 양손에도 힘이 들어갔다.

탐사 예정 기간은 총 일주일.

그리고 시계 확보가 매우 어려운 야간에는 탐사 활동을
하지 않기로 했다. 전자기기나 관측기기가 아예 통하지 않
는 오염지대 안에서는 밤에 할 수 있는 것이 아무것도 없었
기 때문이다.

문제는 오늘과 같은 날씨였다. 오전인데도 불구하고 하늘에 짙게 낀 먹구름 때문에 매우 어두웠다. 그렇다고 해서 탐사를 포기하기에는 언제 날씨가 갤지, 그 기간이 얼마일지 짐작이 안 되는 것이다. 그리고 일주일이라는 탐사 기간에 대한 촉박함도 있었다.

"모두 모인 것이 확인되었으니 출발하겠습니다!"

그때, 어느새 인원 파악을 마친 데이비스가 탐사대를 향해 큰 소리로 외쳤다. 그러자 기다렸다는 듯이 스피어러들이 일제히 오염지대가 위치한 북부를 향해 이동하기 시작했다.

탐사대의 최전방에는 케인이 서 있었다. 어쌔신(Assassin)과 유사한 공격 형태와 능력을 지닌 케인은 움직임이 매우 빨랐다. 잠입, 은신, 암살, 정찰에 능한 케인이었기에 가장 선두에 선 것이다.

케인은 거의 '올 민첩'이라고 해도 무방할 정도로 민첩성 스탯에 다수의 스피어를 투자했는데, 그 때문에 이동 속도가 예상을 뛰어넘을 만큼 빨랐다.

동원도 작정하고 케인이 움직일 때면 그의 움직임의 흐름을 놓칠 정도였다.

"후아."

"후우."

여기저기서 심호흡을 하는 소리가 터져 나왔다. 움직이면서 손에 쥔 묵주를 두고 기도를 하는 스피어러도 있었다. 저마다 전투에 앞서 자신들만의 의식을 치르며, 긴장을 달래는 모습이었다.

지이잉—

달리 징크스나 사전 의식이 없는 동원은 별다른 표정의 변화 없이, 양손의 팔찌를 조작하여 스태틱 건틀렛으로 변환시켰다. 그리고 상기된 표정으로 옆에서 함께 움직이고 있는 이유리를 바라보며 미소를 지었다.

"너무 긴장하지 마."

"적당한 긴장이니, 괜찮아요. 어차피 보조 기술이 있으니까, 지금 이상으로 긴장할 일은 없을 거예요."

"평정심 유지?"

동원의 말에 이유리가 고개를 끄덕였다.

양궁 국가대표 선수 출신인 그녀에게는 마인드 컨트롤이 그 무엇보다도 중요했다. 그러다 보니 늘 전투를 앞둔 시점, 혹은 전투 중에도 마음의 균형을 유지하기 위해 스스로를 컨트롤했다. 그래야 명중 확률을 비롯해 공격 능력이 향상되기 때문이다.

이런 형태를 반복하다 보니 자연스럽게 그녀에게 보조기술 하나가 더 생성되었다. 그녀가 '평정심 유지' 라고 이름을 붙인 이 보조기술은 C랭크가 되어서 열린 것으로 100 스피어가 들어갔던 첫 번째 보조 기술 개방과 달리, 200 스피어로 정확히 2배의 스피어가 들어간 기술이었다.

일정 수치 이상으로는 긴장감이나 두려움이 올라가지 않도록 보정을 해주는 일종의 패시브성 기술이었는데, 이유리에게는 매우 유용한 보조 기술이었다.

"오빠야말로 긴장하지 말아요. 오빠가 흔들리면, 우리 모두가 흔들리니까. 알았죠."

이유리가 걱정 어린 당부를 하며 동원의 손을 꼭 붙잡았다. 건틀릿이 형성되어 딱딱하고도 차가운 손이었지만, 그녀는 동원에게 힘을 불어 넣어주려는 듯이 한참을 꼭 붙잡고 있었다.

무심결에 시선을 옮기던 서희가 그 광경을 보고는 멋쩍은 표정을 지었다. 그러자 황찬열이 어느새 서희의 옆으로 자연스럽게 붙어서는 이유리의 흉내를 냈다.

"누나야말로 긴장하지 말아요. 누나가 흔들리면, 내 가슴도 흔들리니까. 알았죠."

"푸흐훗!"

황찬열의 때아닌 개그에 멋쩍은 표정을 하고 있던 서희가 웃음을 터뜨렸다. 자연스럽게 동료들의 굳어 있던 얼굴도 풀렸다. 쌍둥이 형제는 확실히 분위기 메이커였다.

"……?"

바로 그때.

전방을 주시하고 있던 동원의 표정이 변했다.

케인이 무언가를 발견했는지, 빠르게 그 뒤를 쫓기 시작한 것이다.

"가자!"

케인이 치고 나가자, 스피어러들도 순식간에 속력을 높여 그 뒤를 따라가기 시작했다.

지평선 너머로 보이던 오염지대가 시야에 묵직하게 들어오며 위용을 드러내던 시점에 벌어진 일이었다.

이동은 신속하고 빨랐다.

케인의 움직임으로 시작된 이동은 순식간에 탐사대를 오염지대 입구까지 다다르게 했다. 불과 100m 정도의 거리를 두고 느낌이 완벽하게 달라지고 있었다.

탐사대가 발을 딛고 선 이쪽은 안개도 없을뿐더러 지면도 마른 흙에 가까웠지만, 오염지대로 보이는 구역부터는 짙은 안개부터 시작해서 질퍽한 진흙 바닥이 한눈에 들어왔다.

"후우, 제길. 도대체 뭐였지?"

"어떻게 된 거야, 케인?"

"놓쳤습니다. 우리 쪽을 정탐하던 무언가가 있었어요. 그래서 바로 쫓았는데 순식간에 사라졌습니다. 이동 속도 가 빨랐는지, 아니면 순간 이동 같은 게 가능한 개체인지… 시야에서 완벽하게 놓쳤습니다."

데이비스의 물음에 케인이 입술을 질끈 깨물며 답했다. 아쉬움이 가득한 눈치였다.

"무리할 것 없다. 시간은 충분해."

데이비스가 케인의 어깨를 두드려 주며, 성큼성큼 앞으 로 좀 더 발걸음을 옮겼다. 스피어러들은 마치 세상과 단절 된 것처럼 보랏빛으로 물들어 있는 오염지대의 실체를 마 주하고 있었다.

동원은 오염지대에서 그 여느 때보다도 강한 이질감을 느꼈다. 포탈과 안개는 그래도 현실 속의 일부로 섞여 있는 느낌이라도 있었다. 하지만 오염지대는 달랐다. 마치 다른 행성에 와 있는 것 같은 느낌이었다.

"자, 들어갑시다!"

데이비스를 위시한 미국 팀이 앞장서고 그 뒤를 다른 팀 들이 바짝 따랐다. 이번 탐사대 조직에 히어로즈 클랜과 리 더 데이비스가 중심적 역할을 한 만큼, 탐사대 전원은 그의 명령을 중심으로 움직이고 있었다.

저벅저벅. 저벅저벅.

발소리가 어지러이 뒤섞이는 가운데, 점점 오염지대도 코앞으로 가까워졌다.

그리고.

물컹한 무언가에 빨려 들어가는 느낌과 함께 동원의 한 발이 오염지대 안으로 들어섰다. 자연스럽게 몸이 들어가고 이어서 나머지 발 하나도 안으로 들어왔다.

"으음."

코끝을 찌르는 매캐한 냄새가 있었다. 숨을 못 쉰다거나, 악취로 느껴질 정도로 고약한 냄새는 아니었지만 아주 기분 나쁜 느낌이었다. 그리고 앞서의 설명에서도 있었던 것처럼 습기가 높아지면서, 마치 한증막 사우나 안에 들어온 듯한 느낌이 났다. 몇 걸음 사이를 두고 공기가 확 달라진 것이다.

"오염지대라는 이름이 붙을 법도 하네. 후, 감기 기운이 좀 있는 걸 다행으로 생각해야 하나."

이정우가 코끝을 훔치며 동원의 옆으로 다가섰다. 다른 동료들의 반응도 이정우와 크게 다를 것이 없어, 저마다 확연하게 달라진 내부의 공기에 적응하는 모습이었다.

안으로 들어서기 전까지만 해도 4—50m를 족히 볼 수 있었던 시계는 오염지대 안으로 들어서면서 반의반 수준으로 줄었다.

"이제부터 갈라지겠군."

동원이 미리 지급받았던 지도를 다시 한 번 펼치며 말했다. 이곳이 오염지대 입구였다. 탐사가 끝나고 베이스캠프로 돌아갈 때 모일 장소였다. 그나마 오염지대 전체에서 탁트인 개활지가 여기밖에 없기 때문에 스타팅 포인트로 가장 좋은 곳이기도 했다.

이곳을 기점으로 계속해서 갈림길이 발생한다. 마치 나무의 뿌리를 보듯이 길이 갈라지게 되는데, 그렇게 섬의 중앙까지는 길의 갈래가 계속 나뉘다가 끝에서는 다시 뭉쳐지는 구조로 되어 있었다.

"예정대로 이동합시다. 모두 경계에 만전을 기해주시고 희생자가 생기지 않도록 무리하지 않는 것으로."

"일본 팀, 동쪽 제1 루트로 이동합니다."

"독일 팀, 동쪽 제2 루트로 이동합니다."

각 국의 리더들이 대답과 함께 자신들에게 배정된 길이 위치한 방향으로 흩어지기 시작했다. 말이 끝나고 몇 걸음도 채 걷지 않았다고 생각했는데 이내 시야에서 다른 팀원들이 사라졌다.

동원이 이끄는 한국 팀은 서쪽 제1 루트로 이동 중이었다. 케인이 소속된 미국 1팀도 같은 방향이었는데, 여기서 100m 정도를 더 들어간 뒤에 나오는 갈림길에서 1ー1 루트와 1-2 루트로 나뉠 예정이었다.

폭풍전야인 것일까?

100m 가량의 이동이 있었지만, 아직까지는 아무런 조짐도 없었다. 변이체들이 모습을 드러낼 법도 했지만, 어찌된 일인지 이상하게 느껴질 정도로 조용했던 것이다.

하지만 주변의 광경들은 확실히 달랐다. 가장 먼저 동원을 비롯한 스피어러들의 시선을 끈 것은 여기저기에 자라 있는 식물들이었다.

식인식물 포르기네이는 보이지 않았지만, 그 대신 비정상적으로 한 부분이 확대되어 자란 식물들이 한눈에 들어왔다. 잡초처럼 보이는 어떤 것은 잎에서 잎이 자라고 또 잎 한가운데에서 잎이 자라는 기형적인 형태로 이곳저곳에 뿌리를 내리고 있었다. 엽록소로 인해 보통 녹색빛을 띠는 잎과는 달리, 이것은 줄기부터 해서 모든 것이 보랏빛이었다. 심지어는 살짝 생채기가 난 면을 타고 흘러내리는 수액 역시 보랏빛이었다.

"접촉은 하지 마."

"알겠습니다."

호기심 가득한 표정으로 잡초를 가까이서 지켜보던 황찬성을 동원이 제지했다. 손을 뻗어 잡초에서 흐르는 수액을 만지려고 했기 때문이다.

이미 나무에서 흘러내리는 진액 중에 강산성의 진액이 있다는 정보도 입수된 마당이었기 때문에, 잡초의 수액이라 할지라도 안심할 수는 없었다.

뚝— 뚝— 뚝—

치이이익. 치이이익. 치이이익.

"저거였군."

그 사이, 옆에서 들리는 소리에 동원이 시선을 돌려 보니 바로 그 문제의 나무가 있었다.

안개에 가려진 탓에 어느 가지에서 떨어지고 있는지는 파악할 수 없었다.

하지만 안개 사이로 떨어져 내려오며, 시야에 모습을 드러낸 강산성의 진액은 질퍽한 지면 위로 떨어지면서 닿는 모든 것을 녹이고 있었다.

거대한 바윗돌로 보이는 것이 있던 자리는 진액이 떨어지면서 계속해서 돌을 녹여 버린 탓에 마치 세면대처럼 가운데가 푹 패여 있었다.

그리고 그 위에서는 계속해서 거품이 피어오르며 바윗돌을 산화시키는 모습이었다.

"2루트로 빠지겠습니다."

"조심하십시오."

이내 나타난 갈림길에서 동원의 한국 팀과 데이비스의 미국 1팀도 갈라졌다.

이제부터는 팀플레이였다.

오염지대 내부를 하나하나 좀 더 자세하게 탐사하면서, 미지의 존재들과 마주할 차례였다.

제9장
식인 꽃 포르기네이

　"그 범죄자들로 구성된 선발대가 왔을 때는 입구에서부터 기습을 했다면서요. 그런데 왜 이렇게 조용할까요?"

　"앞서 케인과 마주쳤던 존재가 있잖아. 어쩌면 작전상 후퇴를 했을지도 모르지. 앞서 파견되었던 선발대와는 비교도 안 될 정도의 규모의 탐사대가 도착했으니까."

　입구에서부터 잔뜩 긴장을 하고 있었던 규현은 생각보다 별일 없이 오염지대 안으로 깊숙하게 들어서자, 의문이 든 모양이었다.

　동원은 여기 존재하는 변이체들이 무턱대고 스피어러들

을 보면 공격하는 것이 아니라, 어떤 지휘 체계를 따라 움직이고 있을 가능성이 크다고 생각했다. 규현의 말처럼 꽤 오염지대 안으로 들어섰음에도 불구하고 아무런 기척도 느낄 수 없었기 때문이다.

스윽. 슥. 슥.

서희는 일행의 중심에서 보호를 받는 형태로 이동하면서, 미리 준비해 온 종이에 섬 내부의 모습들을 빠르게 그리고 있었다.

스피어러가 되기 전, 미술학원의 강사였다는 그녀는 작은 종이와 펜 하나만으로도 주변에 보이는 풍경들을 빠르게 지면 속에 담고 있었다. 디테일한 그림이었기 때문에 언뜻 보기에도 이곳에 무엇이 있었는지 쉽게 알아차릴 수 있을 정도였다.

전자기기 사용이 가능한 곳이었다면 진작 온갖 촬영 장비들로 오염지대 내부를 담았을 것이다. 하지만 오염지대 안에 들어오는 순간, 쓸 수 있는 장비는 단 하나도 없었다. 전기를 이용해 동작하는 것들은 아무 쓸모가 없었던 것이다. 그것은 시계도 마찬가지여서, 몇몇 스피어러가 차고 있는 시계는 일찌감치 시간이 멈춰 있었다. 이곳은 2015년의 현실 속 공간이지만, 동시에 2015년의 문명이 하나도 통하지 않는 곳이기도 했다.

"이제는 긴장을 하는 게 좋을 것 같다."

동원이 주변을 조심스럽게 둘러보며 말했다.

아마 다른 팀들도 대부분 갈림길로 접어들면서 각기 자신들에게 정해진 루트를 따라 이동하기 시작했을 것이다.

그나마 다행인 것은 오염지대로 변하기 전, 퍼플 아일랜드의 내부 지형에 대한 상세 지도를 누군가가 마련해 두었었다는 점이었다. 식생이나 환경은 변했어도, 길 자체는 크게 변하지 않았기 때문에 방향을 잡을 수 있는 것이다.

다만 이제부터는 갈림길이 더 심화되고 깊게 들어갈수록 다른 갈림길의 팀과는 멀어지게 되어 있었다. 즉, 다른 팀에 무슨 일이 생겼다는 것을 알게 되더라도, 지원을 가기 위해선 한참의 시간이 걸린다는 이야기다. 물론 지원을 가는 과정이 '무난하게' 펼쳐질 것 같지도 않았다.

진형이 자연스럽게 잡혔다.

동원이 최전방에 섰고 바로 그 뒤를 황찬성과 황찬열이 따랐다. 그리고 서쪽 방향을 규현이 담당했고 이정우가 동쪽 방향을 맡았다.

서희와 이유리는 최후방에 있었다. 경우에 따라서 변이체들이 뒤에서부터 공격을 해올 수도 있었기 때문에, 규현과 이정우가 약간 처진 형태로 두 사람의 근방에서 이동하면서 빈틈을 메꾸는 모습이었다.

"……."

일행 모두가 조용해졌다. 이제부터는 바스락거리는 소리 하나도 허투루 넘길 수가 없었다. 동원은 계속해서 전진하는 한편, 주변에 보이는 모든 것들에 대한 집중을 게을리하지 않았다.

휘리릭, 툭!

바로 그때.

동원의 머리 위에서 무언가가 툭 하고 떨어졌다. 순간 동원이 반사적으로 몸을 피하지 않았더라면 머리 위로 떨어졌을 묵직한 무언가가 있었다.

"……!"

일행 모두가 멈춰섰다.

위에서 떨어진 것은 다름 아닌 사람의 두 다리였다. 허리 위로 있어야 할 상체 부분은 이미 어딘가로 사라진 채 없었고 퉁퉁 불어터진 허벅지 윗부분과 미끈한 액체로 뒤덮인 다리만이 눈에 들어왔다.

키야아아아아아!

그리고 마치 기다렸다는 듯이 괴성이 터져 나왔다. 순간 퍼플 아일랜드 전체를 가득 메울 것 같을 정도로 엄청나게 큰 굉음이었다.

동원은 볼 수 있었다. 바로 머리 위에서 그림으로 보았던

'포르기네이'가 모습을 드러냈음을.

10m 정도 위에 있는 나뭇가지 사이로 줄기를 돌돌 말아 놓은 채, 거대한 입처럼 벌려져 있는 꽃의 모양은 혐오스러울 정도였다.

"모두 산개해!"

그 순간, 동원이 소리쳤다.

포르기네이의 쩍 벌어진 꽃 안에서 물컹거리는 노란빛 액체가 쏟아져 나오고 있었기 때문이다. 보통 변이체들이 내뱉은 액체들은 십중팔구 강산성을 내포한 위험요소인 경우가 많았다.

철퍽! 철퍽!

치이이이익— 치이이이익—

"유리, 사격해! 서희 씨, 내 머리 위에 있는 나무줄기 한 가운데로!"

10m 상공에 있는 포르기네이를 상대할 수 있는 전력은 이유리와 서희밖에 없었다. 원거리 타격을 해야 하기 때문이다.

동원의 명령이 떨어지기가 무섭게 이유리가 바로 활시위를 당겼다. 서희도 들고 있던 그림 도구들을 내던지고는 바로 마법을 캐스팅했다.

그러는 동안 동원은 이미 자신을 타깃팅한 듯이 산성 액체를 쏟아내는 포르기네이의 시선을 확실하게 돌리기 위해, 일행들과 떨어진 전방으로 질주하기 시작했다. 그렇게 해야 저 강산성의 액체들이 동료들의 머리 위로 떨어지는 일을 막을 수 있기 때문이다.

캬아아아아아아!

아귀의 입과 같은 모습을 한 포르기네이의 꽃이 들썩일 때마다 괴성이 터져 나왔다. 동원은 크게 반원을 그리며 일행과 반대쪽으로 떨어진 방향으로 움직였다. 시간을 벌어줄 요량에서였다.

위이이잉! 위이잉!

"…제길."

하지만 상황은 썩 좋지 못했다.

동원이 포르기네이의 시선을 충분히 돌렸다고 생각했던 찰나, 전방에서 새로이 모습을 드러낸 변이체, 아니 변이체의 무리들이 있었기 때문이다.

생긴 것은 파리와 비슷했다. 현지에 살고 있던 곤충들이 변이된 기본적인 형태였다. 전체적으로 거대화된 몸은 혐오감을 불러일으키기에 충분했고 앞쪽 다리 두 개가 날카로운 침 모양으로 변하면서 위협할 만한 형태로 변이되어 있었다.

끼에에에엑!

그러는 사이 이유리의 일제 사격에 숨통이 끊어진 포르기네이의 시체가 공중에서 툭 떨어져 내렸다. 방금 전까지 생기를 가득 머금은 채로 산성 액체를 쏟아내던 포르기네이는 어느새 말라비틀어진 고목(枯木)처럼 수분이 모두 빠진 채로 지면에 떨어졌다.

샤아아아.

동원은 파리 변이체와 어느 정도 거리를 두고 대치한 상태에서 포르기네이가 떨어진 자리에 생긴 무언가를 발견했다. 보랏빛의 막대기 같은 것이었는데, 포르기네이가 빠르게 마르면서 소멸하는 가운데 생긴 새로운 것이었다.

하지만 다들 동원이 전방에서 변이체들을 상대하고 있는 것 때문에 시선을 빼앗겼는지, 부랴부랴 이쪽으로 달려오는 모습이었다. 동원은 전투가 끝나는 대로 보랏빛 막대기를 회수하기로 했다.

위이잉! 왜앵!

생각을 막 끝내기가 무섭게 일렬횡대로 늘어서 있던 파리 변이체들의 대규모 공격이 시작됐다. 일순간 거대한 검은 선이 앞으로 쭉 밀려드는 것 같은 위압감이었다.

"모두 방심하지 말고 상대해!"

동원이 편의상 존칭을 생략하고 명령을 내렸다. 그리고

바로 자신을 향해 날아드는 파리 변이체들에게로 동원이 빠르게 접근했다.

뻐엉!

가장 먼저 날아간 것은 파워 웨이브였다. 허공에 거대한 충격파가 일며 부채꼴 모양으로 정면을 타격했다.

키게엑!

정면에서 동원의 파워 웨이브를 온몸으로 받아낸 파리 변이체 하나가 그대로 배를 까뒤집으며 나가떨어진 채로 숨통이 끊어졌다.

카운터 효과가 적용되지 않는 파워 웨이브지만 위력은 강력했다. 정면에서 100%의 충격량을 받아낸 파리 변이체는 바로 목숨을 잃었고 그 옆을 비행하던 파리 변이체들도 충격에서 헤어나지 못하고 공중에서 빙빙 도는 모습이었다.

휘리릭, 파샥! 휘리릭, 파샥!

약간의 텀을 두고 이유리의 화살이 날아들며 파리 변이체의 복부를 관통하거나 타격했다. 힘이 가득 실린 화살은 축 전체가 흔들릴 만큼 강력했고 파리 변이체들은 그 무게를 이겨내지 못하고 추락했다.

"이런 건 간에 기별도 안 가지!"

의욕적으로 휘젓고 다니는 것은 규현이었다. 이세경의

검을 동원으로부터 임대받은 이후, 규현의 검격에는 거침이 없어졌다. 눈으로 보이는 검신 그 이상으로 길게 뻗어 있는 검기의 영향력이 상당했기 때문이다.

규현 본인이 생각하는 범위 이상을 타격할 수 있는 장점이 있었는데, 정말 비싼 값을 했다.

동원은 그 이후 정말 틈만 나면 자신에게 고맙다고 하는 규현의 감사 인사 때문에 기분 좋은 짜증을 냈던 적도 있었다. 태어나서 한 사람에게 고맙다는 인사를 이렇게 많이 들은 건 처음이었기 때문이다.

규현의 T1 기술은 속검술이라 명명한 빠른 타격 검술이었다. 묵직하기보다는 신속하고 빠른 검격을 중시하는 규현과 가장 시너지 효과가 좋은 기술이기도 했다.

후두두둑. 투툭. 툭. 툭.

여기저기서 파리 변이체들이 힘없이 떨어졌다. 이미 변이체들에게 단련될 대로 단련된 동원 일행에게 이정도 전투는 약과였다. 상대가 되지 않는 것이다.

순식간에 전투가 끝나고. 동원은 포르기네이뿐만 아니라, 파리 변이체들의 시체 위에 생겨난 보석 결정체 같은 것을 살폈다. 포르기네이의 경우 엄지손가락 한 마디 정도의 크기였다. 파리 변이체들의 자리에서 생겨난 결정체는 작은 쌀알 정도가 됐다.

"이게 뭘까요? 꼭 크리스탈… 같은 보석의 결정체 같은데. 신기하네요?"

서희가 조심스럽게 막대기, 결정체 하나를 집어 들며 말했다. 분명 처음 보는 것이었다. 지금껏 스피어러들이 변이체를 사냥했을 때 볼 수 있었던 것은 단 두 가지였다. 스피어와 스페셜 스피어.

하지만 이 결정체는 퀘스트, 포탈, 그 모든 장소를 통틀어서도 본 적이 없는 것이었다.

"우선은 서희 씨가 전부 회수를 하는 것으로 하죠. 분배 문제는 나중에."

"알겠어요."

마침 서희가 메고 있는 가방이 있었다. 일행 중에서 비교적 기동성에 큰 구애를 받지 않으면서, 포지션을 원거리로 잡을 수 있는 사람이 그녀였기 때문이다. 이유리는 속사, 속보를 이용해 위치를 끊임없이 재조정해야 했기 때문에 가방 같은 것을 메기엔 껄끄러웠다.

동원은 결정체가 분명 쓸모가 있을 것이라 생각했다. 그것은 동료들도 마찬가지였다. 아마도 이것들을 가지고 스피어 안으로 들어가게 되면, 자연스럽게 안내자로부터 관련된 정보를 얻을 수 있을 것이다.

우우우우웅. 우우우웅.

그때, 기분 나쁜 소리가 사방에서 들려오기 시작했다. 짙은 안개로 인해 시야 확보는 되지 않았지만, 분명 들려오는 소리. 그것은 방금 전 동원 일행이 싸웠던 파리 변이체들이 냈던 날갯짓의 소리였다.

퍼플 아일랜드, 오염지대의 가장 큰 문제점은 시야 확보가 쉽지 않다는 점이다. 소리의 매개체가 10m 거리 안으로 접근해 와야 보이는 구조이기 때문에 미리 대비를 하는 것이 쉽지 않았다.

"준비."

동원의 명령이 떨어지자, 팀원들이 진형을 재편했다. 가운데에 이유리와 서희가 있는 구조였고 남은 다섯 명의 남성 스피어러가 오각형의 모양으로 주변을 둘러싸는 형태였다.

"느낌이 안 좋은데."

이정우가 오염지대의 후덥지근하고도 습한 공기로 인해 이마에서 계속해서 흘러내리는 땀을 닦아내며 말했다. 방금 전의 교전은 귀가 간지러울 정도의 소리였지만, 이번에는 달랐다. 간지러운 정도를 지나, 웅웅거리는 소리가 귀를 아프게 할 정도의 소리였다.

끼리리리릭.

이유리는 일찌감치 활시위를 최대치로 당기고 있었다.

무언가 모습을 드러내면, 바로 사격이 가능하도록.

그리고.

왜애애애애앵!

"……"

드디어 안개에 가려져 있던 소리의 정체들이 모습을 드러냈다. 이번에도 파리 변이체들이었다. 단, 수에서 엄청난 차이가 났다. 동원이 예상한대로 사방을 포위한 가운데 원형으로 조여들어오는 수많은 파리 변이체들의 대규모 공격이었다.

"쉴드!"

동원이 소리쳤다.

그러자 동시에 서희가 파이어 쉴드를 전개하며, 바로 앞쪽에 파이어 월로 불길을 잡았다. 곤충 형태의 변이체들을 상대로는 가장 효과적인 공격 수단이기 때문이다.

"차라리 굵직굵직한 놈들을 달라고요. 상대가 많은 건 손이 많이 간단 말이야……"

황찬열이 투덜거리며 달려드는 변이체들을 상대하기 위한 자세를 취했다. 곤충이어서 유독 거부감이 드는 면도 있지만, 사실 자신이나 황찬성 그리고 이정우나 동원 모두 소수 전투에서 능력이 극대화되는 포지션이었다.

그 점을 알고 있어서 그런 걸까? 수가 부쩍 늘어난 파리 변이체들의 무리는 대대적인 공세를 펼치고 있었다.

"긴장해. 단 한순간이라도 긴장을 놓지 마."

동원의 당부에 모든 팀원들의 양손에도 힘이 바짝 들어갔다. 그리고 어느새 사방에서 빠르게 달려들고 있는 파리 변이체들에게서 시선을 떼지 않았다.

이정우는 광역 충격파 형성이 가능한 T3 기술인 내려찍기를 준비하고 있었고 규현 역시 광역 베기 형태의 공격인 T3 기술을 준비했다. 동원은 파워 웨이브를 대기 시간이 종료 될 때마다 돌리되, 신속한 카운터 공격으로 파리 변이체들을 하나하나 무너뜨릴 생각이었다.

휘리리릭, 피핑! 화르르륵!

이유리는 불의 속성을 부여한 화살을 사방으로 빠르게 날렸다. 그러자 화살이 떨어진 자리에 불길이 생겨나고 달려들던 파리 변이체들이 불길에 휩싸여 외피가 녹아내리기 시작했다.

전투의 시작이었다. 각자 저마다 지금의 상황에서 가장 효율적으로 활약할 수 있는 방법으로 공격을 시작하고 있었다.

선발대와의 탐색전, 그리고 본 무리의 포위 공격. 이런 식으로 오염지대에서의 전투는 계속됐다.

동원 일행은 3시간 정도의 거리를 이동하는 과정에서 이런 식으로 크고 작은 전투를 벌써 10차례나 치렀다. 곤충 형태의 변이체로 볼 수 있는 모든 개체들을 전부 다 본 느낌이었다.

섬 중심으로 이동하면 할수록 변이체들의 크기도 점점 커졌고 무엇보다 포르기네이의 출현 빈도가 기하급수적으로 높아졌다.

그 과정에서 이정우가 오른쪽 허벅지 언저리에 산성 액체로 인한 부상을 입기도 했다. 다행히 스치듯이 액체가 지나간 덕분에 큰 상처는 생기지 않았지만, 옷과 살점 일부가 떨어져 나갈 정도로 강력한 산성 액체였다.

동원은 포르기네이의 성질을 알아보기 위해 전투 과정에서 숨이 완전히 끊어지지 않았던 곤충 변이체 하나를 잡아다가 포르기네이의 꽃 언저리로 던져 보기도 했다. 그러자 마치 사람이 입으로 음식물을 씹어 먹듯이, 꽃이 거대한 입처럼 크게 벌려져서는 변이체를 우적우적 씹어 먹고는 순식간에 소화되지 않는 몸의 일부를 제외한 모든 것을 녹여 버렸다.

그나마 다행인 것은 포르기네이에게 접근하지 않으면 최소한 먹힐 일은 없다는 점이었다. 물론 원거리에서도 피해를 줄 수 있는 산성 액체가 있었지만, 타깃팅된 상대에게만 계속해서 산성 액체를 발사하기 때문에 동원이 그랬던 것처럼 외곽으로 돌면서 일행들이 처리할 시간을 주면 빠르게 잡을 수 있었다.

"벌써 사분의 일이 찼어요. 도대체 이것들의 쓰임새가 뭘까요?"

서희가 가방의 반의반을 채운 결정체들을 보며 중얼거렸다. 계속된 전투로 누적된 피로를 달래기 위해, 동원 일행은 잠시 휴식을 취하는 중이었다.

그나마 개활지인 데다가 주변에 신경이 쓰일 만한 식물이나 나무 같은 것이 없어, 여기에서 잠시 쉬어가기로 한 것이다. 그러는 동안 팀원들은 전투에서 수집한 결정체들을 신기하게 지켜보고 있었다.

"퀘스트 시간 가장 가까운 사람 있나? 한 시간 내로."

"……."

"다들 어쩌다 보니 시간이 비슷하게 동기화가 된 느낌이군. 다들 여덟 시간 정도는 남았겠는데?"

"맞아요."

동원의 말에 모두가 고개를 끄덕였다. 단체 퀘스트 등으로 입장 시간이 맞춰진 경우가 있다 보니, 자연스럽게 비슷한 시간대로 대기 시간이 맞춰지게 된 것이다.

동원은 이 결정체의 쓰임새를 빨리 확인해 보고 싶었다.

왜냐면 이 오염지대에서의 변이체들은 스피어나 스페셜 스피어를 전혀 드랍하지 않았기 때문이다. 단 한 개도.

바스락. 바스락.

바로 그때. 동원이 반대편 수풀 너머에서 들려온 소리에 몸을 일으켰다. 이 소리, 이 느낌. 오염지대 진입 초반에 케인이 무언가를 발견하고 달려 나갔던 그때와 똑같았다.

"정우."

"알았다."

동원이 반사적으로 몸을 일으키고 앞으로 달려 나가며 자신의 이름을 부르자, 이정우가 바로 그 뜻을 알아듣고는 동원의 뒤로 붙었다.

계속해서 탐사대를 지켜보고 있는 시선의 존재, 동원은 분명 이 존재들에게 오염지대에 대한 어떤 해답이 있을 것이라 생각했다.

지금껏 보여 왔던 변이체들의 모습과는 다르다. 이제까지 상대한 변이체들에게는 지능이라는 것이 존재하지 않았다. 그나마 있었다면 네임드였던 아수라가 전부였다. 하지만 그 아수라도 어떤 정해진 패턴이나 공격 방식대로 움직였을 뿐, 창의적으로 어떤 사고를 하거나 상황에 맞는 움직임을 보이진 않았다.

하지만 입구에서도 그랬고 지금도 동원에게 발각된 정체

불명의 상대는 계속해서 자신들을 지켜보고 있었다.

이것만으로 적아를 구분할 수는 없겠지만… 최소한 스피어가 생긴 그날 이후로 살상이 프로그래밍된 기계처럼 스피어러와 인간들을 상대해 왔던 개체들과는 다른 존재가 있음을 어느 정도 짐작해 볼 수 있었던 것이다.

안개 때문에 모습을 확인하는 것이 쉽지는 않았지만, 어렴풋이 보이는 실루엣의 뒤를 동원과 이정우가 부지런히 쫓았다. 동원은 만약을 대비해 갑작스레 등장할 수 있는 변이체를 신경 썼지만, 다행히도 두 사람을 공격해 오는 다른 개체들은 없었다.

그렇게 쫓기를 약 5분여.

동원은 손을 뻗어 이정우의 추격을 제지했다. 상대를 쫓는 과정에서 뭔가 이상한 느낌을 받았기 때문이다.

상대는 적의가 없는 듯 계속 도망치기만 했다. 그러는 한편 기존에 동원과 마주쳤던 공간을 크게 벗어나지도 않았다. 오염지대의 좁은 시계 때문에 주변 파악이 늦은 감이 있었지만, 비슷한 위치를 계속 도는 식으로 상대가 이동 경로를 잡았던 것이다.

뿐만 아니라 상대는 나무와 나무 사이를 훌쩍 뛰어넘을 정도로 뛰어난 순발력과 민첩성을 가지고 있었다. 아울러

보이는 뒷모습의 실루엣도 곤충이나 짐승이라기보다는 사
람에 유사했다.

적의를 가지고 공격할 수 있었다면, 충분히 자신들을 노
릴 수 있는 조건이라고 동원은 생각했다. 이 정도의 빠른
움직임이라면 애초에 들키지 않도록 더욱 기척을 숨기는
것도 가능했을 터다.

"왜? 추격해야 해. 어떤 놈인지 모르잖아."

"아니, 기다려 보자. 이건 의미 없는 술래잡기가 아냐. 이
유가 있어."

동원은 확신할 수 있었다. 자신이 상대방의 입장이었다
면, 진작 어떻게든 승부를 봤을 것이다.

"도망갈지도 몰라."

"상관없어. 조금만 기다려 보자."

"알았다."

이정우는 아쉬운 눈치였지만, 이내 동원의 말을 수긍하
고 받아들였다. 동원이 허튼 소리를 하는 사람은 아니었으
니까.

동원은 천천히 가드 자세를 취하고 있던 상태를 풀고 양
팔을 아래로 내렸다. 동시에 양손에 만들어져 있던 건틀릿
도 해제시켰다. 이정우가 당황한 듯 몸을 움찔거렸지만, 동
원이 눈짓으로 그의 움직임을 막았다.

"……."

안개 속의 실루엣은 계속 도망가기를 반복하다, 두 사람이 움직임을 멈추자 나무 한가운데에서 멈춰섰다. 그리고 뒤통수로 보이는 실루엣이 자연스럽게 반대 방향으로 돌아갔다. 이쪽을 쳐다본 것이다.

"눈빛."

동원이 당장에 뭐라도 잡아먹을 것처럼 부라린 눈빛을 하고 있는 이정우에게 짤막하게 말을 잇자, 이내 이정우가 사나운 눈빛을 거둬들였다. 주변에는 적막이 감돌고 있었다. 그리고 상대의 시선이 이쪽으로 돌아온 것도 느껴졌다. 그러자 자연스럽게 이정우도 조심스럽게 상황을 살피게 됐다.

스으윽. 스윽.

동원 일행이 더 이상의 추격을 하지 않았기 때문일까? 나무 위에 몸을 걸치고 있던 상대가 서서히 나무를 따라 내려오기 시작했다.

이런 상황을 대비해서 팀원들에게 미리 이야기를 해두었기 때문에, 동료들은 천천히 계속 전진하고 있는 중이었다. 돌발 상황이 발생하여 동원 자신과 이정우가 추격하는 일이 생기더라도, 이에 휩쓸려 무방비하게 뒤를 쫓아오지는 말라고 당부를 해두었었기 때문이다.

동원은 양어깨의 힘을 쭉 뺀 채, 양 손바닥을 상대의 방향 쪽으로 보여주며 전투에 대한 의사가 없음을 확실하게 알렸다. 별도의 무장도 되어 있지 않고 손에 쥐고 있는 무기도 없으니 안심하라는 뜻이었다.

그러자 점점 상대의 움직임도 동원에게로 점점 가까워져 왔다. 이내 안개에 가려져 있던 실루엣이 천천히 드러나기 시작하고 드디어 시야로 확인이 가능한 범위까지 상대가 접근해 왔다.

그 순간, 동원과 이정우는 숨을 죽인 채 새로이 마주하게 된 미지의 존재와의 만남을 경험했다.

"……."

쉽게 말문이 열리지 않았다.

눈앞에서 모습을 드러낸 상대는 인간과 유사한 외형을 가졌으면서도 많은 점이 달랐다.

푸른빛의 피부, 그리고 에메랄드빛의 눈. 그것은 사람과 같은 두 눈이 있었고 그 사이의 이마 한가운데에 나 있는 제3의 눈이 있었다. 날카롭게 자라 있는 손톱과 얇은 점막 같은 것으로 보호되고 있는 매끈한 피부. 그리고 숨을 쉴 때마다 몸에서 자체적으로 나는 피부색의 광택까지… 분명 다른 점이 많았다.

상대는 가벼워 보이는 천 조각 정도로 몸의 중요 부위만 가린 상태였다. 그리고 여성형의 몸인 것을 미루어 짐작해 볼 수 있도록, 볼륨 있는 가슴을 가지고 있었다.

동원은 여전히 비전투 의사를 밝힌 채, 그 아니 그녀에게서 시선을 유지했다. 물론 경계를 완벽하게 거둔 것은 아니었다. 상대가 공격 의사 혹은 조짐을 보인다면, 즉각적으로 대응할 생각이었다. 시도는 해볼 만하지만, 모험을 할 만한 상황은 아니기 때문이다.

바스락. 바스락.

두 사람에게서 더 이상 살의가 느껴지지 않아서인지 그녀는 고개를 돌려 허리춤에 뒤로 차고 있던 어떤 주머니에서 무언가를 꺼내어 동원에게 보였다. 그러자 익숙한 것이 눈에 들어왔다. 이곳까지 이동하면서 사냥했던 변이체와 포르기네이가 드랍했던 결정체였다.

"세디르 게즈라이?"

알 수 없는 언어로 그녀가 말을 걸어왔다. 그리고는 자신이 들고 있는 결정체와 동원의 모습을 번갈아 바라보았다.

동원은 우선 고개를 끄덕였다. 결정체를 가지고 있었기 때문이다. 그리고 손으로 포르기네이의 모습과 주먹을 한두 번 치는 듯한 모션을 취하며, 이것들을 사냥하면서 결정체를 얻어왔음을 표현해 주었다.

"세디리느 아슈네스토스."

그녀가 결정체를 가리키며 무어라 말을 이어갔다. 동원은 우선 그녀가 하고 있는 정체불명의 언어들을 글자 그대로 머릿속으로 기억했다. 혹시나 나중에 이 언어들에 대해서 연구를 하거나, 다른 방법으로 알게 될 수 있지 않을까 싶어서였다.

그러는 한편 여전히 그녀에게서 시선을 떼지 않았다. 이정우는 어느새 육감적인 몸매를 가진 그녀의 몸에 취한 듯, 좀 더 아래로 쏠린 방향으로 시선을 고정하고 있었다.

"카낫!"

그 순간, 그녀가 들고 있던 굵직한 결정체를 힘껏 지면 아래로 내리꽂았다. 짧고 굵은 한마디와 함께 벌어진 일이었다.

"설마……."

샤아아.

그녀가 지면에 박은 결정체에서 하얀 빛의 기운이 일순간 확 빠져나오며, 그 상태로 일정 반경의 지면을 하얀 기운으로 둘러쌌다.

"안개가 걷히고 있어."

이정우가 변화되는 지면의 모습과 주변 환경을 보고는 놀라운 표정을 지었다. 동원도 마찬가지였다. 변화가 일어나고 있었던 것이다.

물론 오염지대 전체에서 일어나는 변화는 아니었다. 하지만 결정체가 박힌 부분을 중심으로 약 8m 정도 되는 반경 안에서는 변화가 확실하게 일어났다.

가장 먼저 질퍽했던 지면의 습기가 걷어져 나가며, 이내 마른 흙으로 평평하게 다져진 지면이 모습을 드러냈다. 동시에 반경 안을 메우고 있던 퍼플 아일랜드의 안개가 걷어져 나가며 시야가 밝아졌다.

뿐만 아니라, 공기의 질 역시 달라졌다. 오염지대 밖에서 들이마셨던 상쾌하고 맑은 섬의 공기가 그대로 느껴졌던 것이다.

"…정화됐어."

동원은 결정체의 역할을 바로 파악할 수 있었다. 그것은 정화 능력이었다.

끄덕끄덕.

그리고 그녀는 동원의 말을 알아들었는지, 혹은 서로 같은 주제에 대한 이야기가 오고 갔을 것이라 믿었는지 고개를 끄덕였다. 동시에 서서히 발걸음을 뒤로 옮기기 시작하며, 자신을 손가락으로 한 번 가리켰다. 그리고는 동원과 이정우를 가리킨 뒤, 양손으로 펀치를 날리는 듯한 시늉을 했다가, 이어서 양손을 사선으로 교차시키며 X 자 모양의 표시를 만들어냈다.

"나는, 너희들과, 싸울, 생각이 없다. 그런 이야기일 것 같은데."

"나도 그렇게 보인다. 하… 지금 우리가 누구를 마주하고 있는 거지? 그럼 이 녀석은… 변이체는 아니지만, 이 포탈과 오염지대에 대해 알고 있는 존재인 건가?"

이정우의 말을 이해할 수 없어 고개를 갸웃거리던 그녀는 이내 다시 점점 더 두 사람에게서 멀어져 갔다. 동원이 살짝 앞으로 발걸음을 옮겨보려 했지만, 그녀는 고개를 저었다. 두 손을 앞으로 뻗으며, 더는 다가오지 말라는 시늉을 했다.

동원은 고개를 끄덕이고는 한 걸음 뒤로 물러섰다. 이미 그녀는 자신들에게 중요한 정보를 주었다. 그리고 한 가지 더 중요한 사실을 알려주었다. 싸울 의지가 없었다는 것을 확실하게 표명한 것이다.

이것은 지금껏 동원을 포함한 스피어러들이 경험했던 변이체의 성향과는 정반대의 것이었다. 변이체들의 모든 목적은 살상이었다. 이유는 없었다. 그저 자신들의 눈앞에 나타난 스피어러들을 제거하는 것이 목적이었고 스피어러가 없으면 민간인을 죽였다.

샤아아아아.

어느새 결정체가 산화하여 사라지고 그 자리는 영구적으

로 정화가 이루어진 듯 완벽하게 깨끗한 공간이 되어 있었다. 전혀 다른 느낌의 두 공간이 시야 안에 공존해 있는 모습은 신기하면서도 이질적이었다.

"……."

그녀는 동원과 이정우를 번갈아 바라보며 천천히 멀어져 갔다. 입가에는 가볍게 미소를 머금고 있었지만, 그녀의 두 눈빛은 어찌된 일인지 슬퍼 보였다. 약간의 눈물까지 보이는 것 같은 느낌이었다.

"이걸로 끝나는 거야?"

이정우는 아쉬운 눈치였다. 그녀를 붙잡아두면 더 많은 정보를 얻을 수 있을 것 같았기 때문이다. 하지만 동원의 생각은 달랐다. 지금으로도 아주 중요한 정보를 얻었다. 그리고 그녀는 본인 스스로 생각하는 선이 있는 듯, 자연스럽게 물러섰다. 여기서 접근한다고 해서 그녀가 다시 이런저런 이야기들을 해줄 것 같지는 않았다. 게다가 말이 통하지도 않았다.

"보내주자."

"…그래. 지금 내가 꿈을 꾸고 있는 건 아닌지 모르겠다. 왜 우리에게 이 사실을 알려준 걸까? 저 녀석은… 변이체를 만들어낸 놈들과는 다른 거야? 같은 놈들이라면 자신들의 약점이 될지도 모르는 이 사실을 알려줄 리가 없잖아."

"그걸 알아내는 게 앞으로의 몫이겠지. 자, 우리도 천천히 뒤로 빠지자. 천천히……."

그렇게 동원과 이정우 그리고 그녀는 서로를 마주본 채 서서히 멀어져 갔다. 다시 자연스럽게 안개 사이로 모습이 사라지며 실루엣이 됐고 이내 그 모습마저 사라졌다. 마치 아무 일도 없었던 것처럼.

제10장
새로운 인지, 브리그

첫날의 탐사는 더 이상 진행되지 않았다.

아침부터 좋지 않았던 날씨가 결국 악화되면서 강풍을 동반한 비바람이 불어닥쳤기 때문이다.

빗줄기가 보이기 시작하면 미련 없이 탐사를 종료하자는 사전의 약속이 있었기 때문에 각국의 팀들은 미련 없이 탐사를 마치고 빠져나오는 모습이었다.

동원은 베이스캠프로 돌아오는 과정에서 이정우와 함께 다른 동료들에게 추격 이후로 있었던 일들을 차근차근 설명해 나갔다.

아울러 다른 국가의 팀원들 모두가 모이는 대로 그녀와의 조우에서 있었던 일을 이야기할 생각이었다.

"그래서 정화가 됐다는 거예요, 오빠?"

"완벽하게 정화가 됐어. 결정체의 크기에 따라서 해당 범위에 변동이 있는 것 같지만 확실한 건 오염지대가 아니게 되었다는 거지. 영구적으로."

"아, 어떤 존재인지 직접 봤으면 더 좋았을 텐데……."

이유리는 아쉬워하는 눈치였다. 동시에 새로운 미지의 존재와 마주쳤다는 사실에 상당히 흥분하는 모습이었다. 그런 반응은 함께 있는 동료들도 다를 것이 없어, 모두가 숨을 죽인 채 두 사람의 이야기를 듣고 있었다.

"우선 확인부터 하자. 이 결정체의 쓰임새에 대해서 말이야. 마침 시간도 됐으니까."

동원이 얼마 남지 않은 대기시간의 스피어를 바라보며 말했다.

"각자 확실한 숙지를 위해서 분배하자."

"제가 알맞게 분배할게요."

동원의 말이 끝나기가 무섭게 서희가 가방을 열고서는 그 안에 채워져 있는 결정체들을 나누기 시작했다.

분배는 순식간에 이루어졌고 결정체를 한가득 움켜 쥔 팀원들은 망설임 없이 바로 스피어와 접촉하고는 내부로 진입했다.

쾌스트를 수행하기 전, 그리고 이후에 안내인을 통해 관련된 정보를 충분하게 얻을 수 있을 것이다.

그로부터 약 1분여 후.

그렇게 입장한 스피어 내부에서 시온을 만난 동원은 그녀로부터 전혀 생각지도 않았던 정보를 들을 수 있었다.

"새로운 언어, 브리그 어(語)에 대한 정보가 추가되었습니다. 학습이 가능합니다. 배우시겠습니까?"

"브리그… 어?"

"입장하기 전, 접촉했던 다른 매개체의 언어입니다. 스피어 내에서 학습 가능한 언어입니다."

예상치 못한 새로운 전환점이었다.

동원은 우선적으로 쾌스트를 수행하고 난 뒤, 자세하게 이것들에 대해 알아보기로 하고 쾌스트에 전념했다.

쉽지는 않은 개인 쾌스트였지만, 동원은 완벽하게 쾌스트 수행을 마치고 이내 개인 시간을 가졌다.

과거에는 쾌스트가 종료되면 30분에서 1시간 남짓한 시간 안에 분배를 끝내고 스피어 밖으로 나가야 했지만, 이제는 쾌스트의 난이도와 도전 시간이 늘어나면서 자연스럽게 종료 이후의 시간도 길어졌다.

그래서 지금은 약 6시간에서 7시간의 대기 시간을 주었다.

원한다면 바로 스피어 밖으로 나가도 되지만, 경우에 따라선 충분한 휴식을 취하다가 나가거나 스피어 내에서 구매하거나 사용할 물품에 대한 고민을 해도 됐다.

때때로는 잠을 자기도 했는데, 잠을 자다가 대기 시간을 모두 소진하게 되어버리면 강제로 현실로 복귀하도록 되어 있었다.

"브리그 어에 대해서 다시 한 번 설명해 줘."

퀘스트를 마친 뒤. 동원은 스피어 분배만 남겨 놓은 상태에서 홀가분해진 마음으로 시온에게 다시 언어에 대해 물었다.

이번에 오염지대 탐사를 떠나기 전, 케인과의 만남으로 언어 습득에 대해 알고 영어를 배워 탐사에 참여했던 동원이었다.

스피어의 언어 습득 시스템은 당사자가 한 번이라도 '들어 본' 언어라면 배울 수 있도록 되어 있었는데, 그런 이유로 브리그 어라는 언어가 추가된 것 같았다.

동원이 이곳에 와서 새롭게 들은 언어는 그녀가 말했던

정체불명의 언어, 그것이 전부였다.

다른 팀들, 즉 다른 국가의 언어들은 살아오면서 최소한 한 번쯤은 들어본 언어들이었고 추가될 만한 언어도 없었던 것이다.

"브리그 어는 스피어에 입장하기 전에 접촉했던 대상자가 사용했던 언어입니다. 300 스피어로 해당 언어를 배울 수 있습니다."

"그 사람, 어떤 존재인지 내게 알려줄 수 있을까?"

동원이 물었다.

가장 큰 궁금증은 그것이었다. 물론 그녀가 사용했던 언어에 대한 궁금함도 있었지만, 어디서 온 존재인지에 대한 궁금증이 더 컸다.

시온은 공개해서는 안 될 정보에 대해서는 철저하게 함구한다. 때문에 동원은 과연 이 문제를 시온이 어떻게 판단하고 있는 상황인지도 겸사겸사 떠 보고 싶었다.

"브리그 족, 포탈 너머의 세계와 관련이 있는 종족입니다. 뛰어난 민첩성과 유연성이 강점이지만, 평균 수명이 짧고 기본적으로 겁이 많아 전투 수행 능력이 떨어집니다."

"…그 정보는 내게 알려줘도 되는 정보인 건가?"

"접촉을 한 새로운 대상에 대해 알려드릴 수 있는 정보를 알려드렸습니다."

"변이체들과는 다른 거지?"

"그렇습니다."

과거에 보통 이런 정보에 대해 질문을 할 때면 시온은 침묵을 지키는 일이 많았다.

혹은 접근이 거부된 정보라고 하면서 그 이상을 알려주지 않았다.

하지만 이번의 시온은 달랐다.

물론 몇 마디의 말로 그녀에 대한 모든 이해를 할 수는 없겠지만, 이 정도면 충분히 새로운 소식이고 정보였다.

브리그 족. 포탈 너머의 세계. 변이체는 아닌 존재.

다시 말해 포탈 너머의 세계는 존재하며, 그중에 브리그 족이라는 종족이 있다. 그리고 동원이 경험했던 것처럼 민첩성과 유연성이 뛰어나지만 겁이 많아 경계심이 높은 편인 것이다.

포탈 너머의 세계에 대한 이야기는 포탈 등장 초기부터 끊임없이 스피어러들과 관련 연구자들이 했던 이야기 중 하나였다. 그럴 수밖에 없는 것이 빅 웨이브 당시 포탈을 통해 넘어온 변이체들이 있었기 때문이다.

처음에는 포탈과 안개가 주변의 것들을 변이시켜 변이체

화 시킨다고 생각했지만, 빅 웨이브 이후로는 생각이 바뀌었다. 포탈은 다른 세계와 지구를 연결해 주는 통로이고 이 통로를 이용해 넘어오는 존재가 있는 것이다.

그래서 몇몇 예리한 전문가들은 한 가지 가설을 주장했다.

포탈과 안개는 지구를 침략하기 위해 어떤 외계 문명체가 만들어 낸 통로이며, 스피어는 그들로부터 인류가 스스로를 지킬 수 있을 힘을 키우도록 하기 위해 또 다른 외계 문명체가 만들어낸 시스템이라는 것을.

즉 바이러스와 백신과 같은 관계처럼 얽힌 구조라는 가설이었다.

물론 반론도 있었다.

그렇다면 왜 스피어는 퀘스트 수행에 실패한 스피어러들을 죽게 하느냐는 것이었다. 여기에 대해서도 충분한 뒷받침 의견이 있었다.

애초에 이 정도의 퀘스트도 수행하지 못하고 죽을 스피어러라면 훗날 올지 모르는 또 다른 웨이브나 변이체들의 공격에서 살아남을 수 없으니 미련을 두지 않을 것이라는 얘기였다.

더 나아가 그들에게 있어 강하지 못한 스피어러들이 죽는 건, 그저 파리 한두 마리 죽는 것처럼 대수롭지 않은 일일 것이라고 전문가들은 예측했다.

동원은 이런 주장들을 꽤 일리가 있다고 여기고 있었다.

포탈과 안개를 만들어 낸 문명체들이 인간들에게 호의적이지 않은 것은 당연한 일이고 스피어를 만들어낸 개체들도 무조건적으로 인간을 돕기 위한 존재는 아니라고 생각했다.

그래서 항상 강해지기 위해 노력하고 고민하는 것만 생각했고 그것이 지금까지 걸어온 동원의 행보였다.

"더 알려줄 수 있는 브리그 족에 대한 정보는?"

"추가로 조건이 부합되는 상황이 발생하면 알려드릴 수 있습니다. 그러기 위해서는 더 많은 개체와 다양한 접촉이 필요합니다."

"좋아. 알겠어."

시온의 안내에 동원이 고개를 끄덕였다. 이 정도면 충분했다. 다음은 결정체의 쓰임새에 대해 알아볼 차례였다.

"수집해 온 결정체는 총 13개의 크리스탈로 바꿀 수 있습니다. 공식 명칭은 크리스탈이 아니지만, 현재 지구 상에 존재하는 것들 중 크리스탈과 외형 및 내부 구조가 유사하여 붙인 일종의 가칭입니다."

"지금 내가 가지고 있는 이 결정체들이 크리스탈로 변환이 된다는 이야기지?"

"그렇습니다."

"결정체 상태로는 따로 쓸 일이 없나?"

동원은 그녀가 지면에 결정체를 내리꽂아 주변을 정화시키는 모습을 보았던 기억이 있었다. 굳이 크리스탈로 변환할 필요가 있을까 싶었던 것이다.

"결정체 상태로도 얼마든지 오염지대를 정화할 수 있지만, 크리스탈 상태로는 결정체 상태였을 때의 총량에 비해 3배 이상의 범위를 정화할 수 있습니다."

"쓸 수는 있지만 효율이 떨어진다는 얘기로군."

"극히 좁은 지역만 정화할 필요가 있을 때에만 결정체가 필요합니다."

"그럼 우선 전부 크리스탈로 변환을."

"완료되었습니다."

샤아아아아.

말이 끝나기가 무섭게 동원이 들고 있던 결정체들이 13개의 크리스탈로 변했다.

반짝이며 다양한 색깔의 빛을 내는 크리스탈의 모습은 마치 진귀한 보석을 보는 것 같은 느낌이었다.

"크리스탈의 쓰임새를 알려줘."

"100개의 크리스탈을 이용해 포탈을 에워싸고 있는 붉은색 안개 지대에 대한 내성을 획득할 수 있습니다. 제게 구매하실 수 있으며, 해당 내성은 영구적인 것으로 사라지지 않습니다."

"잠깐, 안개에 대한 내성이라고 하면… 그 안에 들어가면 녹아 죽거나, 혹은 산화하며 변이되는 붉은 안개의 독성에 대한 면역력이 생긴다는 건가? 영향 없이?"

"그렇습니다."

앞서 들었던 브리그 어에 대한 이야기보다 더욱 흥미로운 이야기였다. 그 어떤 전자 장비를 통한 촬영도, 진입도 할 수 없었던 붉은 안개였다.

사람이든 철이든, 무엇이든 들어가는 대로 모든 것을 녹여 버렸던 안개. 그것은 공포의 대상이었다.

안개는 항상 자욱한 붉은빛을 유지한 채로 포탈을 감싸고 있었는데 보이지 않는 안개 속은 많은 사람의 공포심을 자극했다.

"혹시 크리스탈의 다른 쓰임새는?"

"존재합니다."

"알려줘."

"200개의 크리스탈을 이용해 포탈의 안개를 모두 정화하고 포탈의 운송 능력을 최소화할 수 있습니다. 4m 남짓의 포탈에 적용 가능합니다. 그 이상 규모의 크기에 대해서는 단계적으로 상승된 개수의 크리스탈이 필요합니다."

"이렇게 되면 오염지대가 생기기를 바라야 한다는 이야기가 되는데……."

시온으로부터 들은 이야기를 수합해 본 동원은 전혀 다른 결론에 도달했다.

크리스탈, 즉 그 전 단계의 결정체를 얻은 것은 오염지대에서였다.

그리고 오염지대에서만 얻을 수 있는 것으로 보이는 결정체와 크리스탈은 포탈을 둘러싼 안개에 대한 내성 및 안개 자체를 사라지게 하는 역할을 한다.

이 말은 장기적으로 보았을 때, 결국에는 그 수를 줄이는 것이 도움이 되는 포탈을 처리하기 위해서는 오염지대에서 크리스탈을 수급해야 함을 뜻했다.

"앞으로 오염지대는 계속해서 생겨나게 될 것입니다. 모든 포탈이 한 번씩은 반드시 주변을 오염지대로 만들게 될 것입니다."

"좋은 예고는… 아닌 것 같군."

동원이 입술을 질끈 깨물었다.

이것으로 한 가지는 확실해졌다.

이번 오염지대 탐사에서 최대한 많은 결정체를 확보하는

것을 목적으로 해야 한다는 것이다.

포탈을 둘러싼 안개에 대한 내성이 생긴다는 것은 지금까지 스피어러들이 가지고 있던 안개에 대한 인식을 완벽하게 뒤바꿀 수 있는 일이었다.

더 이상 안개 지대가 접근 금지 구역이 아니게 된 것이다.

오염지대 탐사는 헛된 일이 아니었다.

스피어러로서 그 동안 살아왔던 시간에 대한 완벽한 터닝 포인트였던 것이다.

동원은 우선 보상으로 얻은 스피어 중 일부를 이용해서 브리그 어를 배웠다.

외계 문명체와의 커넥션을 새로이 알게 된 이상, 이 언어를 배우지 않는 것은 말이 되지 않는 일이었다.

300개의 스피어를 지불하고 브리그 어를 배우는 데 성공한 동원은 빠르게 기억을 되짚었다. 그녀가 자신에게 했던 말들이 있었기 때문이다.

[세디르 게즈라이?]

[세디리느 아슈네스토스.]

[카낫!]

"이걸 구한 거지? 이건 정화석이야. 박아! 이렇게 세 가지 말을 한 거군."

그제야 동원이 고개를 끄덕이며, 그녀가 했던 말의 의미를 되새겼다.

그녀는 짧은 시간이었지만 아주 유용하고도 필요한 정보를 전해준 것이다. 자신들에게 적대적이 아닌 존재라고 생각했던 동원의 판단은 정확했다.

"다시 만날 수 있다면……."

이제 브리그 어를 학습했으니, 다시 그녀를 만난다면 이전과는 다르게 의사소통을 할 수 있을 것이다. 그렇게 생각하니 가슴 한편이 두근거리는 동원이었다.

하지만 그녀와의 만남만큼이나 오염지대에서 최대한 많은 양의 크리스탈을 얻어서 돌아가는 것도 중요해졌다.

내부 구조 및 오염지대에 존재하는 변이체들에 대한 조사도 마찬가지였다.

＊　　　＊　　　＊

스피어의 분배까지 모두 마치고 밖으로 나온 동원은 브리그 어를 제외한 결정체, 크리스탈에 관련된 정보를 숙지하고 나온 다른 동료들과 충분한 교감을 이룰 수 있었다. 동원과 이정우는 브리그 어에 대한 이야기를 꺼냈고 이 이야기는 동원이 속한 한국 팀뿐만이 아니라 각국의 모든 탐사대 동료들에게도 이어졌다.

그러면서 오염지대 탐사에 대한 목적에 한 차례 변화가 주어졌다.

처음에는 단순히 탐사하며 이곳이 얼마나 위험한 곳인지 알아보는 것이 목적이었지만, 이제는 효과적으로 결정체를 수집하며 그녀와 같은 외계 문명체가 있을 경우 평화적으로 접촉하는 것이 목적이 된 것이다.

자연스럽게 탐사에 속도가 붙었다.

총 일주일로 예정된 탐사 기간.

모든 팀들은 잠을 자는 시간, 즉 해가 진 이후의 시간을 제외하고는 부지런히 움직이고 또 움직였다.

강행군이라 해도 무방할 행보였다.

그리고 엿새가 지난 뒤.

탐사 마지막 날이 됐다.

"크리스탈 만드는 게 정말 쉽지가 않네요."

탐사 마지막 날 새벽 5시.

아직 해가 뜨지 않은 시간이었지만, 팀원들은 모두 잠에서 깨어 일어나 몸을 풀고 있었다. 서희는 각 팀원들마다 결정체를 변환해서 만든 크리스탈의 개수를 다시 한 번 적으며, 크리스탈의 전체 보유량을 체크하고 있는 중이었다.

일단 동원은 팀원들이 보유한 크리스탈 중 100개는 무조건 포탈을 둘러싼 안개에 대한 내성을 획득하는 것에 쓰기로 했다.

이번 탐사를 통해서 참여한 스피어러들은 포탈이 더 이상 공략 불가능한 곳이 아니라는 것을 깨닫게 되었다.

지금까지의 포탈은 외계 문명체로부터 지구를 연결시켜주는 일방통행의 통로와도 같은 곳으로 여겨졌지만, 이제는 아닌 것이다.

모두가 귀국하는 대로 자신들의 나라에 존재하고 있는 포탈에 대한 탐사를 시작하기로 계획을 세웠다. 그리고 한 가지 더 참여 스피어러들 사이에 오고간 이야기가 있었다.

바로 오염지대, 그리고 크리스탈의 존재에 대한 정보 공개를 늦추자는 것이었다.

이유는 간단했다.

포탈 너머의 세계에 존재하고 있을 외계 생명체가 어떤 존재인지, 그들은 어떤 성향을 가지고 있는지, 그리고 어떤 준비를 하고 있는지 아무것도 밝혀진 게 없었기 때문이다.

이 상태로 크리스탈의 정체가 알려져 스피어러들이 질서 없이 포탈을 넘어가기 시작한다면, 그때는 심각한 문제가 될 수 있었다.

포탈을 넘어간 스피어러들이 그들을 공격할 수도 있고 경우에 따라선 이것이 그들을 자극하여 더 많은 웨이브를 일으키게 할 수도 있었다.

동원은 시간을 두고 관련 정보를 공개하되, 처음부터 이 정보를 알리지 말자는 스피어러들의 의견에 동의했다. 확실히 자세하게 알아본 뒤에 공개해도 늦지 않겠다고 판단한 것이다.

그래서 팀원 전원은 포탈의 안개에 대한 내성을 획득했다.

시온의 안내에 따르면 내성이 생겼기 때문에 이제 붉은색 안개는 그저 색깔이 입혀진 안개를 대하는 것과 다를 것이 없다고 했다. 일종의 영구적인 버프가 주어진 것이다.

이제 포탈을 마주하게 되면, 얼마든지 그 안을 진입하는 것이 가능해졌다. 물론… 포탈 너머의 세계에 무엇이 있을지는 알 수 없었지만.

한편 포탈을 없애기 위한 크리스탈 변환에 대해서는 좀더 숙고를 하기로 했다.

왜냐하면 포탈의 안개를 정화하고 운송 능력을 최소화하는 순간, 해당 포탈에서는 거의 가끔이라 해도 무방할 정도로 극소수의 변이체들만이 등장한다고 했기 때문이다.

지금 스피어러들에게 포탈은 항상 경계해야 할 대상임과 동시에 자신들의 성장을 도와주는 매개체이기도 했다.

스페셜 스피어와 스피어를 현실에서 얻을 수 있는 곳은 포탈이 전부다. 때문에 지금 당장 포탈들을 정화시키기에는 무리가 있었다. 힘을 키울 수 있는 방법을 발로 걷어차는 것이나 다름없었으니까.

"오늘이 마지막 포인트였죠? 포탈이 있는 것으로 예상되는 곳. 지금까지 탐사된 범위에서는 포탈이 발견되지 않았으니까."

"오늘이 가장 긴장해야 할 날이지."

이유리의 물음에 동원이 고개를 끄덕였다.

6일간의 탐사에서 가장 다행스러운 점이 있다면 희생자가 단 한 명도 없었다는 점이었다.

단, 포르기네이의 산성 공격에 부상을 입은 인원이 일부 있긴 했지만, 목숨을 잃은 사람은 없었다.

물론 6일 동안의 시간이 마냥 쉽게 쉽게 흘러간 것만은 아니었다.

섬의 중심지로 들어갈수록 변이체들의 수가 급격하게 불어나기 시작했는데, 초반에는 무작정 공격을 펼쳤던 변이체들이 이제는 전진과 후퇴를 반복하며 집요하게 스피어러들을 괴롭혔다. 일종의 게릴라전처럼 전투 양상이 변해간 것이다.

때문에 체력 소모가 극심했다.

당초 예정대로라면 섬 자체에 대한 탐사는 사흘 정도면 끝이 날 것으로 예상됐지만, 변이체들의 게릴라전에 의해 시간 지연이 상당했다.

마치 누군가에게 일원화된 명령을 받는 것처럼 일사불란하게 움직이는 변이체들의 모습은 예전과는 분명 달랐다.

그래서 오늘 있을 마지막 탐사에서 스피어러들은 변이체들의 컨트롤 타워의 역할을 했을 어떤 존재와 마주칠지도 모른다는 생각을 하고 있었다.

왜냐하면 단순히 변이체들 자체의 지능이나 판단만으로 움직였다고 하기엔 녀석들의 움직임이 너무나도 좋았기 때문이다.

"크리스탈 말이야. 이건 아주 개인적인 생각이지만, 큰돈이 될 수도 있겠다는 생각이 드는데."

이정우가 밖에 피워 놓은 모닥불을 이용해 잘 데운 양철통에서 끓인 물로 막 타온 믹스 커피를 후루룩 들이키며 말했다.

미리 동료들의 것들도 타두었는지, 다들 자연스럽게 이정우로부터 일회용 종이컵에 담긴 커피를 건네받는 모습이었다.

"포탈 장사라도 하시게요, 형님?"

황찬성이 손가락으로 동그라미 모양을 만들어 보이며 말했다.

"못할 건 없어. 지금은 포탈이 필요에 의해 존재하지만 언젠가는 껄끄러운 대상이 될 것은 분명해. 하물며 빅 웨이브 같은 일이 생기면, 그때는 포탈이 많은 것이 충분히 발목을 잡게 되겠지. 그리고 자기가 살고 있는 지역 내에 포탈이 있다는 자체를 싫어하고 두려워하는 사람들도 있어. 그런 경우에는 충분한 보상을 받고 포탈을 '없애 줄' 수도 있지. 혹은 정부 차원에서 지원을 해줄지도 모르고. 부르는 게 값이 아닐까?"

"크리스탈을 모아두자는 건가요?"

"크리스탈은 무조건 모아두는 게 이득이야. 이제 우리는 포탈에 대한 내성을 획득했잖아. 앞으로 크리스탈로 할 일은 포탈의 역할을 무력화시키는 것밖에 없어."

황찬열의 말에 이정우가 고개를 끄덕였다.

"돈에 대한 부분은 제외하고 크리스탈을 모으는 데 주력해야 한다는 정우의 의견에는 동의다. 단기적으로 포탈은 필요하지만 장기적으로 포탈은 위험 요소지. 앞으로는 크리스탈을 모으는 작업에도 주력해야 해. 다만 스페셜 스피어나 스피어를 얻을 수 없다는 점이 문제이긴 하지. 어쩌면 크리스탈에 대한 정보가 알려진다 하더라도 예상보다 스피어러들의 반응이 적을 수도 있어. 당장에 자신들의 힘에는 큰 도움이 되지 않으니까."

"제 생각도 그래요. 잘나 빠진 스피어러 양반들이 전부 크리스탈을 모으는데 주력할 것 같진 않아요. 이렇게 상당한 시간을 투자해야 하는 작업인데, 당장에 이득이 되는 건 없단 말이죠. 하지만 그래도 누군가는 해야 하고… 저는 형님이 하신다고 하면 따라갈 겁니다. 아마 여기 있는 모두가 같은 생각일 거예요."

규현의 말에 모두가 한 치의 망설임도 없이 고개를 끄덕였다.

"필요하다면 정우의 말대로 정부로부터 어떤 특별한 형태의 보상을 받을 수도 있을 거고. 우선은 오염지대에 대한 생각은 항상 하고 있도록 하자."

"알겠습니다."

"그럼 슬슬 떠날 준비를 해볼까. 오늘 저녁이 되면 탐사가 끝날 것이고 내일쯤이면 이곳을 떠나 있겠지. 오늘도 최선을 다하자. 내일 부끄럽지 않도록."

새벽녘의 회의는 그렇게 종료됐다.

다들 옹기종기 모여 앉은 채, 뜨거운 커피를 호로록 들이키는 모습은 정겨운 느낌마저 들게 했다.

6일의 시간 동안 함께 전투를 치르고 호흡을 맞추면서, 일곱 팀원들 모두가 하나로 끈끈하게 뭉쳐져 있었다.

동원의 명령에 따라 신속하게 움직였고 각자 맡은 바 임무를 확실하게 수행해 냈다.

특히 곤충 형태의 변이체들이나 나무 윗자락에 위치한 포르기네이를 상대할 때는 전적으로 이유리나 서희의 전담이었기 때문에, 두 여자들의 고생이 가장 많았다.

하지만 그 어느 누구도 불평불만을 하거나 힘들다고 하지도 않았다.

오히려 서로가 먼저 나서서 궂은일을 하려고 했고 그때마다 동원이 상황을 정리하며 자신이 직접 나서는 보기 좋은 모습도 여러 번 연출됐다.

서로가 직접 말은 하지 않았지만, 속으로 느끼고 있었다.

자신과 함께하고 있는 이 사람들이 정말 멋진 사람들이고 마음을 주고 믿어도 될 만한 사람이라는 것을.

*   *   *

최종 포인트로 향하는 길.

전날 까지는 각자 정해진 갈림길을 따라 탐사를 했지만,
오늘은 탐사대 전원이 가장 지름길로 판명 난 중앙의 이동
경로를 따라 최종 포인트로 이동하고 있었다.

이미 오염지대의 9할 이상의 지역에 존재해 있던 변이체
들은 대부분 소탕이 됐고 남은 곳은 최종 포인트가 전부였
다.

그래서인지 퍼플 아일랜드 전체에서는 스피어러들의 소
리를 제외하고는 깊은 적막이 감돌고 있었다.

동원은 그때 만났던 여인을 다시 만나고 싶었지만, 이미
포탈을 통해 되돌아간 것인지. 아예 종적을 감춘 것인지 더
이상 만날 수 없었다.

혹시 다른 팀의 스피어러들에게 사살당한 것은 아닐까
걱정했지만, 아예 마주친 적조차 없다고 했다.

이곳에서 그녀를 만난 사람은 동원과 이정우가 유일했던
것이다.

케인은 보기는 했지만 대화를 나누지는 못했고 그래서인
지 브리그 어에 대한 정보가 없었다.

동원은 혹시나 자신과 이정우가 스피어러들에게 브리그
어로 말을 하면, 그것이 언어 습득 조건으로 연결되는지도

시험해 봤지만 스피어는 그런 '꼼수'를 인정해 주지 않았다.

"돌아가면 어떻게 클랜을 운영할 생각이야? 서희라는 사람이 운영할 대외적인 측면 말고 앞으로 너와 네 클랜이 스피어러로서 나갈 방향 말이야."

"오염지대에 대한 정보 커넥션을 지금처럼 유지하면서, 포탈 탐사에 대한 준비를 해볼 생각이야. 이제 무조건적으로 스피어러들이 포탈에서 나타나는 변이체들을 방어만 하는 시기는 끝났어. 새로운 전환점이 생겼으면, 거기에 맞게 발을 맞춰야겠지."

"후후, 진심이냐? 아니면… 내가 듣기 좋은 말을 하고 있는 건가."

"케인 네 비위를 맞춘다고 현실에서 달라지는 건 없잖아. 당연히 진심이다."

"그래, 동원. 너는 항상 진심을 말하곤 했었지. 하지만 너 같은 생각을 하기는 쉽지 않으니까 물어본 거다. 일본 쪽은 이번 탐사로 얻은 정보를 이용해, 클랜들과의 경쟁에서 우위를 잡을 생각을 하고 있는 모양이다. 경쟁 상대에 있는 클랜들의 포탈을 의도적으로 제거할 생각까지 하고 있어."

"……"

동원은 다케우치와 나눴던 이야기를 떠올렸다.

확실히 그는 절대강자가 존재하지 않는 일본의 클랜 상황을 답답해하면서도, 한편으론 비집고 들어갈 만한 구석이 확실히 있다고 생각하는 것 같았다.

동원은 이번 탐사에서 획득한 정보가 스피어러들의 미래를 바꿀 중대한 발견이라 여겼지만, 다케우치에게는 클랜 간의 경쟁에서 우위를 점할 수 있는 전략적 요소로 받아들여진 것 같았다.

"초심을 잃지 마라. 이미 우리 리더는 다음 탐사 일정이 또 잡히게 됐을 때 일본 팀은 제외할 계획을 세웠어. 저런 식이면 곤란해. 근시안적인 생각을 하는 놈들은 결국 그 값을 하게 되어 있어. 필요 없는 존재지."

"너희는?"

"우리는 정부 차원의 전폭적인 지원과 그만한 네트워크가 있지. 오염지대의 위치를 찾는 데 전면 주력할 생각이다. 나와 리더는 그렇게 생각하고 있어. 어쩌면 스피어의 시대는 끝난 것일지도 모른다고."

"포탈 너머의 세계에 대한 확신이 있는 모양이군."

"잘 생각해 봐. 지금 우리가 살아가고 있는 삶은 게임이 아냐. 게임의 형식을 빌린… 또 다른 문명과의 싸움일 뿐이야. 스피어는 싸움을 보조해 주기 위한 도구에 불과해. 나는 확신할 수 있어. 포탈 너머의 세계에는 지금 우리가 마주하고 제거했던 변이체들로부터 얻은 보상과는 비교도 되지 않을 엄청난 것이 있을 것이라고. 이번 탐사는 그래서 의미가 있고 근시안적인 생각을 하는 놈은 장기적으로 아무런 도움이 되지 않는다는 거다."

케인의 말은 냉정하면서도 핵심을 꿰뚫어보는 부분이 있었다.

동원은 자신보다 더 깊게, 그리고 넓게 상황을 보고 있는 케인의 안목에 감탄하면서도, 좀 더 자신이 넓게 보지 못한 것을 아쉽게 생각했다.

여전히 스피어가 중요한 것은 사실이지만, 결국 지금까지의 전투는 포탈 너머의 존재들이 필요에 따라 변이체들을 보낼 때만 이루어진 전투였다.

그래서 상황이 제한적이었고 이 제한적인 상황에서 스피어를 얻기 위해 경쟁이 일어났다. 공급은 한정적이지만 수요는 계속 늘어났기 때문이다.

포탈 너머의 세계. 수많은 물음표로 가득한 곳.

그렇기에 꼭 확인해야만 하는 곳이기도 했다.

그아아앗! 그아아아아아!

어느새 이야기를 나누다 보니 최종 포인트에 도달해 있

었다. 동시에 귓전을 때리는 엄청난 괴성이 들렸다.

시야를 가린 짙은 안개의 띠를 지나자, 밖에서 보았을 때는 아무것도 보이지 않던 안개의 내부가 보였다.

시야는 넓었고 질퍽했던 바닥도 마른 상태를 유지하고 있었다. 오염지대의 최종 포인트는 다른 지역과는 조금 달랐던 것이다.

"저… 놈인 것 같군. 우리가 상대할 놈이. 그런데 그것보다 저 포탈 뒤에 있는 건 도대체 뭐지?"

시야에 들어온 정면의 광경을 본 케인의 표정이 점점 굳어갔다. 동원 역시 입을 굳게 다문 채, 상황을 살폈다.

정면에 가장 먼저 보이는 것은 마치 미노타우르스를 연상케 하는 10마리의 수소 변이체들이었다.

크기는 어림짐작이지만 4m에서 5m는 족히 되어 보였다. 그 뒤로 붉은빛의 포탈이 위용을 뽐내고 있었다.

그리고 미노타우르스들이 지키고 있는 포탈의 뒤에 수많은 촉수를 가진 채, 거대한 나무를 배경 삼아 고정되어 있는 10m 남짓 가량의 생명체가 보였다.

마치 2000년대 초반, 대한민국에서 선풍적인 인기를 끌었던 게임 '스타크래프트'에 등장하는 저그의 오버마인드(Overmind), 딱 그것을 보는 느낌이었다.

"각 팀당 하나를 맡고."

데이비스가 먼저 운을 뗐다.

9개의 팀이 9개의 미노타우르스를 맡는다. 그리고.

"각 팀의 리더들이 가장 우측에 있는 저놈을 맡는 걸로 갑시다. 신속하게 처리하고 각자의 팀으로 합류하여 상대하죠. 미국 1팀은 첫 번째, 미국 2팀이 왼쪽에서 두 번째, 그리고……."

데이비스가 빠르게 지시를 내리자, 그에 맞추어 팀원들이 위치를 잡고 움직였다.

"로드(Lord), 저 생명체의 이름은 로드라고 합시다. 나중에 저 로드를 공략해 보는 걸로 갑시다. 어떤 공격 패턴을 가지고 있을지는 모르겠지만."

"준비!"

데이비스는 지휘 개체로 보이는 그것을 로드라고 지칭했다. 별도로 정해진 이름을 스피어가 안내해 주거나 지정해 주는 것이 아니기 때문에, 임의로 붙인 이름인 것이다.

데이비스의 말이 끝나기가 무섭게 각 팀의 리더들이 팀원들을 한데 모았고 동원 역시 동료들을 한데 모았다.

"야아, 이제는 살다 살다 소까지 때려잡을 날이 오네요."

"찬열아, 저놈은 잡기가 먹힐 것 같냐? 잡고 돌려치다가 네가 깔릴 것 같은데."

"형, 스탯은 장식으로 찍었어? 안 되는 건 없어. 해봐야 아는 거지."

"오오… 우리 동생 생각보다 좀 멋있는데? 그럼 여차하면 연계기로?"

"형이나 잘 잡아봐. 그래야 내가 연계기를 넣든 말든 하지."

황찬성과 황찬열이 호기심 가득한 표정으로 미노타우르스를 지켜보고 있었다.

거구인 두 사람의 몸도 귀여운 아기처럼 느껴질 정도로 녀석의 몸뚱이는 상당히 컸다.

가장 부담이 되는 것은 온통 근육질로 도배되어 있다시피 한 상체였다.

부실해 보이는 하체에 비해 육중하고 우람한 상체는 주먹 한 방에 바로 녹다운이 될 것 같은 외형을 하고 있었다.

"여기서 바로 자리를 잡아도 될 것 같은 거리네요."

끼리리리릭.

이유리가 활시위를 당기며, 매서운 눈빛으로 미노타우르스의 가슴팍을 노려보았다.

일찌감치 화살에 속성 부여를 해서 팀원들을 어떻게 보조할지 고민하는 모습이었다.

"하… 저런 고기방패가 진짜 검이랑은 상극인데."

규현의 표정은 썩 좋지 않았다.

아무리 예기가 뛰어난 검이라고 해도 기본적으로 맞고 찢기는 것에 무신경한 상대는 검격이 효과적이지 못하기 때문이다.

웬만한 건 그냥 맞아버리고 반격을 해버리니까. 규현으로선 당연한 반응이었다.

"그래도 발차기만 하겠냐. 저 몸의 어디에 발차기를 꽂아 넣어야 할지 감도 안 잡히는구만. 쳇."

"자자, 신세 한탄 그만하시고 준비하자구요."

서희가 분위기를 환기시키며 팀원들을 정비했다.

"금방 합류할 테니 모두 최선을 다하자!"

"알겠습니다!"

동원이 팀원들에게 당부 인사를 건네고는 우측으로 향했다.

이미 각 팀의 리더들이 모여 있었다. 일본 팀의 다케우치, 미국 1팀의 데이비스를 포함한 총 9명의 리더였다.

건틀릿을 쓰는 자신과 해머를 쓰는 데이비스를 제외하면, 나머지 일곱은 각기 형태만 조금 달랐을 뿐 모두가 검을 쓰고 있었다. 검이 가장 스타일리쉬하고 효과가 좋은 무기이긴 하지만, 마치 획일화가 된 것 같은 느낌이었다.

실제로도 대한민국의 스피어러들도 검을 이용하는 스피어러들이 상당히 많았다.

검에 대한 환상이나 혹은 어렸을 적에 배운 검도 같은 것이 튜토리얼 당시의 특질 파악에서 영향을 미쳤기에 유독 검사들이 많았다.

이런 점은 여기서도 크게 다를 것이 없어, 검을 든 사람들이 많았다. 오히려 검사가 한 명밖에 없는 동원의 팀이 특이하게 느껴질 정도다.

"괜찮으시다면 제가 지휘를."

데이비스의 말에 다른 팀의 리더들이 고개를 끄덕였다. 리딩과 오더는 한 사람이 전담해서 하는 것이 좋다.

그가 어느 정도 검증이 된 사람이라면 굳이 리더를 누구로 두냐의 문제로 쓸데없는 힘 싸움을 할 필요가 없는 것이다.

"가죠!"

말이 끝나기가 무섭게 데이비스가 앞으로 치고 달려 나갔다. 이내 동원을 포함한 다른 리더들이 따라 나섰다.

일제히 스피어러들이 움직이며 경계하고 있던 범위 안으로 파고들자, 멈춰 서 있던 미노타우르스들이 괴성을 내지르며 움직이기 시작했다.

부웅! 부웅!

단 두 번의 손짓이었지만, 허공을 주먹이 훑고 지나갈 때마다 강력한 바람의 압박이 느껴졌다.

동원은 미노타우르스를 향해 달려 나가는 가운데, 포탈 뒤에 있는 로드에게 시선을 집중했다. 혹시나 미노타우르스를 보조해 줄 어떤 공격이 있지 않을까 해서였다.

하지만 그런 것은 없었다.

단, 로드의 몸에서 붉은빛이 반짝일 때마다 미노타우르스의 두 눈 역시 함께 붉게 빛났는데, 아마도 미노타우르스들이 로드에 의해 조종을 받고 있는 것 같았다.

그아아아앗!

이윽고 코앞까지 다가온 미노타우르스와의 교전이 시작됐다.

묵직한 크기의 주먹이 직선으로 날아들자, 동원이 재빠르게 몸을 낮추며 공격을 회피했다. 그 상태로 달려들어가던 힘을 이용해, 미련 없이 놈의 복부에 카운터를 꽂아 넣었다.

뻐억! 그오오오!

"예상은 했지만."

상당히 강력한 펀치가 들어갔지만, 놈은 한 걸음 정도 뒤로 물러서는 것으로 충격을 받아냈다. 그러고는 바로 횡으로 이어지는 주먹 공격이 이어졌다.

부우우우웅!

"크윽!"

실로 엄청난 파워였다.

충분한 거리를 두고 회피했음에도 불구하고 주먹이 지나가면서 만들어 낸 바람이 얼굴을 일그러지게 만들 정도로 힘을 만들어냈다.

"야아아압!"

퍼억!

그사이, 여기저기서 공격이 이어졌다.

대상이 된 미노타우르스의 몸이 컸기 때문에 타격 가능한 부위가 상당히 많았다.

전후좌우 잡을 수 있는 위치를 모두 잡은 스피어러들은 미노타우르스들을 향해 맹공을 퍼부었다.

녀석들의 공격은 양손을 이용한 공격이 전부였고 적어도 초반의 전투는 데미지는 깊게 들어가지 않을지언정 까다롭지는 않았다.

눈에 보이는 움직임의 회피 정도는 이곳에 올 실력의 스피어러들이라면 숨을 쉬듯, 기본적으로 할 수 있는 것들이기 때문이다.

*   *   *

하지만 전황이 바뀌기 시작한 것은 그로부터 10분 정도가 흐른 뒤였다.

공세 일변도의 스피어러와 '버텨내기' 일변도의 미노타우르스 간의 관계가 변하기 시작했다. 놈들의 대응 방식이 달라지기 시작한 것이다.

어느 정도 미노타우르스의 몸 여기저기에 상처가 나고 걸쭉한 피를 흘려내며 고통 섞인 신음이 터져 나오기 시작할 무렵. 로드를 둘러싸고 있던 붉은빛이 푸른빛으로 바뀌었다.

그 순간, 미노타우르스들의 두 눈빛도 같은 색으로 바뀌었다. 이것으로 로드와 미노타우르스가 링크되어 있다는 사실을 확인할 수 있었다.

그렇게 두 눈빛이 바뀌자 미노타우르스의 신체 능력이 강화됐다.

맷집은 다소 줄어든 가운데 움직임이 빨라졌다. 그리고 자세를 낮춘 뒤, 순식간에 정면으로 돌격하는 '돌진' 패턴이 생겨난 것이다.

일순간 힘을 한 번에 저장했다가 앞으로 쏟아내는 공격이었기 때문에 충격파가 상당했다.

동원이 한 번 디펜시브로 받아내려 했다가 포물선을 그

리며 한참을 멀리 날아가 떨어졌을 정도였다. 방어 자세를 확실하게 취하지 않았더라면, 바로 슈트의 특수 능력을 소진했을 수도 있는 일격이었다.

다른 쪽에서는 일진일퇴의 공방전이 벌어지고 있었고 그나마 가시적인 성과를 보고 있는 것이 바로 동원이 참여해 있는 리더들의 팀이었다.

쿠우. 쿠우. 쿠우.

아무리 맷집이 좋아도 맹공에는 장사가 없었다.

동원처럼 각종 버프와 특수 물품들로 무장한 리더들의 공격은 확실히 강했다.

동원도 쌓이다가 소멸하다가를 반복하던 아수라의 증오 스탯이 9스탯까지 채워져 있었다. 극악의 중첩 확률 때문에 계속 7이나 8스탯에서 추가 중첩이 되지 않았던 아수라의 증오가 분노로 바뀔 때가 온 것이다.

이미 동원과 유사한 형태로 얼티밋을 쓴 사람이 있었다.

바로 데이비스였다. 전투 도중에 미련 없이 얼티밋을 쓴 것으로 봐서는 분명 자신과 동일한 계열의 '초기화' 버프를 획득했기에 그랬을 가능성이 커보였다.

데이비스가 고함을 내지르며 해머를 내리찍자, 하늘에서 거대한 해머의 형상을 한 이펙트가 생겨나며 그대로 미노타우르스의 머리 위를 내리찍었다.

그 순간, 녀석의 두 다리가 무릎까지 지면에 푹 잠길 정도로 강력한 압박이 위에서 아래로 내리꽂혔다. 몸 여기저기서 뼈가 부러지는 소리가 나며, 고통에 찬 비명 소리가 터져 나왔다.

이내 털어내며 다시 싸우긴 했지만, 그 일격에 미노타우르스의 상태는 상당히 나빠졌다.

한쪽 다리가 성치 않은 미노타우르스는 왼쪽 부분의 공격에 약점을 노출했고 누가 말해줄 것도 없이 약점을 캐치한 리더들은 집요하게 왼쪽을 노렸다.

동원만이 유일하게 오른쪽에서 미노타우르스의 시선을 계속해서 붙잡아두며, 왼쪽의 맹공을 방어할 생각을 하지 못하게 만들고 있었다.

'왔다.'

그렇게 연타를 계속 먹이는 사이, 9스탯에 머물러 있던 아수라의 증오가 이내 아수라의 분노로 바뀌었다.

지이잉.

동원은 바로 피니쉬 전개를 위한 파워 차징에 들어갔다. 이내 차징이 완료되고.

갸아아아!

계속해서 동원을 신경 쓰던 미노타우르스가 감정을 컨트

롤하지 못하고 동원을 향해 매섭게 주먹을 내질렀다.

"그래야지."

동원의 입가에 미소가 걸렸다.

살상이 기본적으로 프로그래밍되어 있는 이런 변이체들에게 결국 공격은 참을 수 없는 본능이다. 그리고 자신에게는 이 본능을 말 그대로 '카운터' 쳐 줄 수 있는 기술이 있다.

본능이 독이 되는 기술.

동원은 이럴 때마다 자신에게 T1 기술로 주어진 카운터가 매번 고맙게 느껴졌다.

이 기술이 없었다면, 지금의 자신은 전투 양상을 매우 다르게 가져갔을 것이다.

부웅!

아슬아슬하게 미노타우르스의 주먹이 동원의 귀 옆을 훑고 지나갔다. 의도적인 움직임이었다.

완벽하게 회피를 해버리면 녀석의 입장에서도 필요 이상의 경계심을 가지게 만들 것이고 쓸데없는 방어기제가 될 수 있기 때문이다.

동원이 정말 간발의 차를 두고 회피하자, 미노타우르스도 해볼 만하단 생각이 들었는지 더욱 두 눈을 부라리며 동원을 노려보았다. 하지만 그 눈빛이 정상적인 상태로 동원을 본 마지막 눈빛이었다.

뻐어어어억!

동원의 피니쉬가 그대로 미노타우르스의 얼굴에 작렬했다.

동원을 내려치기 위해 자세를 낮추면서, 충분히 타격 가능한 범위까지 미노타우르스의 얼굴이 내려왔기 때문이다.

파워 차징에 카운터까지 걸린 피니쉬가 그대로 얼굴 한가운데에 명중하자, 미노타우르스의 몸이 순간 솜털이 된 것처럼 가볍게 하늘을 날았다.

"오······."

지켜보던 스피어러들의 탄성이 터져 나왔다.

체감으로는 데이비스의 얼티밋보다도 더 강력한 일격으로 느껴졌기 때문이다.

하지만 탄성도 잠시, 리더들은 포물선을 그리며 날아가고 있는 미노타우르스의 뒤를 바로 쫓았다. 감탄은 나중에 해도 늦지 않다.

지금은 이 껄끄러운 10개의 고기 방패들의 수를 줄이는 것이 급선무인 것이다.

꿰에에엑! 그엑! 그으아아아악!

이내 바닥을 나뒹군 미노타우르스의 몸 여기저기로 올라

탄 스피어러들의 인정사정없는 공격이 이어졌다.

검을 든 스피어러들은 미노타우르스의 얼굴, 목, 배, 허벅지, 사타구니 사이, 어디 할 것 없이 매몰차게 검을 내리꽂았다.

그때마다 붉은 피가 분수처럼 하늘로 솟구치고 미노타우르스의 몸이 산 생선처럼 펄떡이며 비명을 토해냈다. 하지만 그 어느 누구도 멈칫하는 사람은 없었다.

서로가 서로를 죽여야만 하는 운명.

스피어러와 변이체들의 관계는 과거에도, 지금도 변한 것이 하나도 없었기 때문이다.

전투는 계속됐다.

가장 먼저 첫 킬이 나온 팀은 역시 리더들로 구성된 최우측의 팀이었다.

미노타우르스의 숨통이 끊어지자, 미노타우르스에게서는 스피어나 스페셜 스피어, 결정체가 아닌 완제품 형태의 대형 크리스탈이 드랍됐다.

어림잡아 보더라도 지금 눈앞에서 보고 있는 포탈을 충분히 무력화시킬 수 있을 것 같은 크기의 크리스탈이었다.

"일반 포탈과 안개지대가 스피어러들의 성장을 위한 공

간이었다면, 오염지대는 정화 작업을 위한 공간이네요. 여기서 재료를 얻어가야 하니까."

전투 중에 서희가 흘리듯 했던 말이 정답이었다.

오염지대에서는 스피어러들을 직접적으로 강하게 만들어 줄 수 있는 스피어는 얻을 수 없었지만, 그들이 사는 곳에서 골칫거리가 되고 있는 포탈들을 제거할 수 있는 중요한 재료들을 얻을 수 있었다.

미노타우르스는 단계적으로 정해진 시간이 지날 때마다 맷집은 약화됐지만, 공격 능력은 더욱 강해졌다.

이윽고 종국에 이르러서는 사방으로 뛰어다니며 스피어러들을 공격했는데, 그 과정에서 난전을 벌이던 이정우를 비롯한 쌍둥이 형제와 규현까지 모두 슈트의 특수 능력 전체를 소진했다.

동원은 그들을 최대한 뒤로 빠지게 하는 한편, 아직 두 번의 여유가 있는 자신이 적극적으로 전면에서 시선을 끌며 미노타우르스를 상대했다.

격전의 격전. 지치고 지쳐 뜨거운 숨결이 토해질 때까지 스피어러들은 미노타우르스와 혈투를 벌였다.

미노타우르스의 강점은 소위 말하는 '피통'이었고 이 때문에 정말 엄청난 맹공을 퍼붓고 나서야 한 마리가 잡히는 구조였다.

동원은 전투를 하며 생각했다.

혹여 이후에 등장할지도 모르는 변이체들이 미노타우르스와 같은 식으로 정말 '무식하게' 많은 생명력을 가지고 나타나면 어떨까 하고.

아무리 공격해도 쉽게 쓰러지지 않는 적이라면, 지금은 방벽 안에서 어떻게든 끝나는 전투의 양상이 달라질지도 모른다.

상당 시간의 공격을 정확하게 밀어 넣고 나서야 비로소 상대를 제거할 수 있을 테니까.

끄워어어어. 쿠웅!

그렇게 한 시간을 넘게 계속된 혈투가 끝나고 마지막 미노타우르스의 숨통까지 끊어졌다.

이번 탐사에 참여한 9개의 팀에 각각 한 개의 크리스탈이 배분되었고 남은 1개의 크리스탈은 이 오염지대에 위치하고 있는 포탈에 사용해 보기로 했다.

"정작 이 녀석은 아무런 전투 능력이 없군요. 이 오염지대에 뿌리를 내리고 미노타우르스를 조종하는 것이 전부였을까요."

쏴아아아아.

케인이 깊숙하게 단검을 꽂아 넣었다가 뺀 자리에서는

체액이 수돗물처럼 쏟아져 내리고 있었다.

예상과 달리, 로드는 미노타우르스들이 모두 죽자 어떠한 반응도 하지 않았다.

전투 초기부터 지금까지 한 차례도 움직이지 않은 것을 이상하게 여겨 케인이 여러 차례 공격을 가했지만 반응이 없었다.

그 후 몇 군데 중요 부위로 보이는 기관에 단검을 박아넣자 쉽게 상처가 났고, 이내 체액을 쏟아내며 그대로 말라비틀어진 나무껍질처럼 변해서는 숨이 끊어지고 말았다.

"우선 이 크리스탈을 포탈에 결합시켜 보겠습니다. 계속 같은 빛을 내고 있으니, 분명 무언가 있겠죠. 각 팀에 배분된 1개의 대형 크리스탈을 어떻게 사용할지에 대한 예시도 될 거라 봅니다."

데이비스가 말을 이어가며, 조심스럽게 들고 있던 크리스탈을 포탈 가까이로 가져갔다.

포탈과 유사한 붉은색을 내고 있던 크리스탈은 포탈과 가까워지자 진동을 일으키기 시작하더니, 이내 더 가까워지자 마치 무언가에 빨린 것처럼 데이비스의 손을 떠나 포탈의 한가운데로 날아갔다.

샤아아아아아.

"오……."

그리고 변화가 일어나기 시작했다.

방금 전까지 포탈과 함께 존재하고 있던 붉은색 안개가 자연스럽게 걷히더니 사라졌다. 포탈만 덩그러니 남은 것이다.

그리고 이어서 포탈 내외에서 회백색의 섬광이 반짝이면서, 포탈이 고무줄처럼 늘어났다 줄어들기를 반복했다.

그렇게 1분 정도의 시간이 지났을까?

수축과 팽창을 반복하던 포탈의 크기가 단계적으로 줄어들다가, 이내 작은 점이 되더니 팟 하는 소리와 함께 사라졌다. 포탈의 무력화, 혹은 약화가 아닌 제거가 이루어진 것이다.

"사라졌어!"

"아……!"

누가 먼저랄 것도 없이 스피어러들이 동시에 감탄에 찬 소리를 내뱉었다. 사라져 버린 포탈.

이것은 꿈이 아닌 현실이었다.

그저 불가항력의 제거할 수 없는 존재로 여겼던 포탈과 안개가 눈앞에서 확실하게 사라진 순간이었다.

*   *   *

오염지대의 탐사는 그렇게 끝이 났다.

로드가 제거된 오염지대는 단계적으로 예전의 모습을 되찾아가며 정화되어 갔고 퍼플 아일랜드 북쪽에서 위용을 떨치던 포탈은 흔적도 없이 사라져 버렸다.

질퍽했던 지면, 좁았던 시계, 지나치게 습도가 높았던 공기, 그리고 음침한 섬의 기운들은 모두 씻겨나갔다.

예전에 평화롭고 아늑했던 퍼플 아일랜드의 모습을 되찾은 것이다.

오염지대라고 명명했던 예전이 무색하게 지금은 정말 아름다운 남태평양의 섬들 중 하나가 되어 있었다.

다행히도 이번 탐사에서 희생자는 없었다.

하지만 각 국의 엘리트 팀들로 구성된 100명의 인원이 긴장을 늦추지 않고 전력을 다해 싸워야 했을 정도로 난이도는 높았다.

랭크가 낮은 스피어러나 호흡이 잘 맞는 팀 단위로 움직이지 않는다면, 오염지대는 여전히 위험한 곳일 수밖에 없었다.

탐사대는 들어왔던 루트 그대로 귀국길에 나섰고 미국에 모인 뒤 해산했다.

그리고 앞으로도 긴밀하게 정보를 주고받으며 세상에 공

개되지 않은 오염지대에 대한 탐사를 계속해서 이어갈 것을 약속했다.

동원 역시 오랜 시간을 클랜의 핵심 인원이 빠진 채로 둘 수는 없는 만큼, 서둘러 귀국을 위한 비행기를 타기로 했다.

모든 준비와 수속은 이미 히어로즈 클랜에서 밟아둔 상태였고 이제 2시간 뒤로 예정된 탑승 일정에 맞춰 출발하면 되는 상황이 됐다.

*　　　*　　　*

"고생했다, 동원."

"고생이랄 것도 없지. 그것보다 앞으로 정말 눈코 뜰 새 없이 바빠질 것 같은데. 판도라의 상자가 열렸으니, 이제 남은 건 멈추지 않고 달려가는 것밖에는 없지 않을까."

출국을 앞두고 동원은 케인과 대화를 나누고 있었다.

이미 각 클랜 차원에서의 인사는 모두 마친 상태였다.

데이비스와도 대화가 오고 갔지만, 그는 나중에 좀 더 긴밀하게 이야기를 하겠다고 짧게 말을 맺고는 동원과 작별 인사를 주고받았다.

케인의 말에 따르면 이번 탐사 과정을 거치면서, 데이비스가 앞으로도 함께하고 싶은 국가의 팀, 그리고 배제하거나 보류하고 싶은 국가의 팀을 별도로 구분했다고 했다.

미국 정부의 전폭적인 지지와 지원을 받고 있는 데이비스의 히어로즈 클랜은, 아니꼽다 느낄 수 있을 지라도 자신들의 입맛에 맞게 파트너를 선택할 수 있는 자격이 충분했다.

원치 않는 파트너십을 억지로 이어갈 필요가 없는 것이다.

데이비스는 결정체와 브리그 어의 존재 등을 파악하며 이번 탐사에서 가장 적극적으로 활동한 동원의 한국 팀에 큰 관심을 가졌다고 했다.

단 공개적인 접촉은 괜한 오해나 반감을 불러일으킬 수 있는 만큼, 향후 케인을 통한 핫라인으로 대화를 주고받고 싶다는 의사를 밝혔다는 게 케인의 말이었다.

"처음에는 스피어에서 살아남는 것이 목적의 전부였지."

"그랬었지. 하지만 현실에서 스피어를 획득하는 방법이 있다는 것을 알고는 시선이 현실로 옮겨갔어. 그리고 스페셜 스피어가 등장하자, 스피어라는 공간과 보상의 느낌이 부수적인 것으로 변하기 시작했지. 그리고… 이제 결정체와 크리스탈이 나왔어. 점점 우리는 포탈과 안개의 뒤에 숨겨진 비밀에 접근해 가고 있는 거지. 그리고 그 속도는 점점 더 빨라지고 있다."

동원이 케인의 말에 동감하며 말을 이어 나갔다.

"시간이 또 지나면, 이제는 우리에게 스피어나 현실 속의 것들마저도 부수적인 것들이 될지도 몰라. 포탈 너머의 세계는 아무것도 알려진 것이 없어. 이제는 그 세계에 대한 것들이 우리의 주(主)가 될 거다."

"긴장하자, 케인."

"후후. 난 항상 긴장하고 있어. 너만 긴장하면 된다. 동원, 웬만해선 일본의 전철을 밟지 않도록 해. 그쪽은 지지부진한 클랜 간의 다툼이 너무 오래가고 있어. 한국은 그 정도까진 아니지만 가온의 입지가 서서히 흔들리고 있지. 그렇다면 확실하게 치고 나가도록 해. 나중에 더 큰 웨이브, 혹은 전투가 예고됐을 때……."

"으음."

케인이 살짝 말을 끊었다. 그리고는 들고 있던 시럽을 잔뜩 넣은 아메리카노를 쭉 들이켠 뒤, 다시 말을 이어나갔다.

"그때도 인간들, 아니 스피어러들끼리 다투고 있으면 그때는 전멸일 거야. 독점, 독주라고 욕을 먹는 한이 있더라도 모든 힘은 하나로 통일되어야 해. 그리고 클랜이 완벽하게 최고의 위치에서 자리를 잡으려면 중요한 정보들은 모두 새어 나가지 않게 움켜쥐고 있어야 해. 적어도 교통정리가 끝날 때까지는 말이야. 무슨 말인지 너는 잘 알 것이라 믿는다."

"알고 있다."

지금까지 동원 자신은 클랜에 대한 문제에 있어서만큼은 방관자의 위치에 가까운 자세를 취해 왔었다. 하지만 이번 탐사 처음부터 시작해서 케인과 계속 대화를 나누며, 동원은 케인이 당부하듯 자신에게 하는 말의 의미가 무엇인지 확실하게 깨닫고 있었다.

그래서 귀국하는 대로 서희와 힘을 보태, 블랙 헌터 클랜을 지금보다 한 단계 더 성장시키는 데 전력을 다할 생각이었다.

블랙 헌터 구성원들의 면면과 서희의 운영 능력, 그리고 낯간지러운 이야기가 될 수도 있지만 동원 자신에 대한 인지도라면 충분히 지금에서 몇 배 이상의 규모로 클랜을 키우는 것이 가능했다.

물론 그 과정에서 가온을 비롯한 상위 클랜들과의 어쩔 수 없는 갈등이 있겠지만, 그건 감수해야 할 일이었다.

"잘 가라. 곧 또 한국에 방문할 일이 있을 거다. 아예 너와의 연결 고리는 내가 전담하기로 리더가 직접 지시를 했

으니, 자주 보게 될 거야. 긴밀하게 연락하자. 우린 앞으로
할 일이 많다."

"좋아, 그렇게 하자."

"고생했다. 네가 있어 즐거운 탐사였다."

"입에 침이나 바르고 말해."

동원과 케인이 악수를 나누었다.

이번 탐사를 통해 부쩍 가까워진 두 사람이었다.

동원은 앞으로 케인을 비롯한 히어로즈 클랜과의 관계도
긴밀하게 유지할 생각이었다.

그들은 생각하는 것, 그 이상의 정보력을 가지고 있었
다.

그들의 뒤를 봐주는 곳은 다른 곳도 아닌 미국의 정부였
으니까.

앞으로 더 많은 탐사와 정보 수집, 포탈 너머의 개체들에
대한 대비를 하기 위해서는 히어로즈 클랜과의 연계가 무
엇보다도 중요했다.

*   *   *

이윽고 귀국길에 오른 동원의 팀은 탑승하자마자 마치
약속이라도 한 것처럼 깊은 잠에 빠져들었다.

동원은 스피어 입장을 위한 시간이 남아 있어, 스피어에서 퀘스트를 한 차례 마친 뒤 수면을 취할 생각이었다.

곤히 잠든 동료들을 하나하나 확인한 동원은 이내 카운트가 끝난 대기 시간에 맞춰 스피어에 입장했고 자연스럽게 다음 퀘스트를 준비했다.

한데 바로 그때.

시온이 언젠가 닥쳐올 것이라 예상은 했지만, 생각보다 이른 시기에 경고 메시지를 안내하기 시작했다.

[경고 : 웨이브(Wave)가 감지되었습니다. 사흘 후, 포탈을 통한 공격이 시작됩니다. 다양한 형태로 내성을 지닌 지적 변이체들이 등장하기 시작합니다. 좀 더 긴장하여 대비해 주십시오.]

"빅 웨이브 때의 공지보다는 좀 더 내용이 붙은 느낌인데… 내성에 지능을 가진 변이체?"

동원의 표정이 일그러졌다.

'빅(Big)'이라는 단어까지는 붙지 않았다고 하더라도, 웨이브라는 단어 하나만으로도 충분히 인상이 찌푸려질 수밖에 없는 경고였다.

동원은 혹시 자신들의 오염지대 탐사, 그리고 로드를 제거하고 포탈을 정화한 것이 그들의 웨이브를 촉진시킨 매개체가 된 것은 아닌가 생각했다.

하지만 이미 벌어진 일이다.

산 넘어 산, 귀국하자마자 바쁘게 움직여야 할 일이 생긴
것이다.

제11장
함정(Trap)

　웨이브를 하루 앞으로 남긴 시각.

　블랙 헌터의 사무실에는 동원과 서희를 포함한 구성원들이 한데 모여 이야기를 나누고 있었다.

　지난번 웨이브에서는 무적자의 신분으로 서울 스퀘어에 갔었던 동원이지만, 이번에는 블랙 헌터의 리더로서 관리되고 있는 포탈들을 지키기 위해 서울로 가지는 않았다.

　게다가 이번에는 가온이 클랜 차원에서 모든 역량을 집중해 자신들이 직접 서울 스퀘어를 수성하겠다고 한 만큼,

굳이 도울 일도 없었다.

귀국한 동원은 철저하게 결정체와 크리스탈에 대한 이야기를 비밀에 부쳤다. 그것은 김윤미에게도 마찬가지였는데, 굳이 그녀가 이 비밀을 알게 함으로 인해서 긁어 부스럼을 만들길 원치 않았기 때문이다.

즉, 그녀가 알지 못하더라도 크게 문제될 것이 없는 사실을 굳이 알려줘서, 나중에 혹여 실수로라도 관련된 얘기를 할 일이 없도록 만들기 위해서였다.

귀국한 이후 계속해서 서희와 의논을 해온 끝에 동원은 지금보다 더욱 공격적으로 클랜원들을 유치하기로 결정했다.

블랙 헌터의 인지도가 높아진 것은 사실이지만, 가온이나 상위 클랜들에 비하면 아직까지는 적었다.

지금까지는 다른 클랜에서도 블랙 헌터를 그다지 대수롭게 생각하지 않는 모습이었다.

물론 김혁수처럼 블랙 헌터 구성원들의 면면을 아는 스피어러들은 경계를 했지만, 그래도 아직까진 자신들과 눈높이가 맞지는 않는다고들 생각했던 것이다.

하지만 물밑 작업은 계속되고 있었다. 그리고 리더십과 브레인의 부재, 방향성 없는 운영 등으로 골머리를 앓고 있는 소규모 클랜들의 합병 건에 대해서도 은밀한 접촉이 계속되고 있는 중이었다.

"확실한 건, 이번에는 지난번의 아수라처럼 네임드가 나오지는 않는다는 거죠. 하지만 스피어의 안내자들도 구체적인 정보는 주지 못하니 여러 가지로 신경이 쓰이네요. 가온은 만약을 대비해서 서울 스퀘어 쪽으로 정예 전력을 집중시키고 있는 것 같아요."

"가장 마음에 걸리는 건 내성과 지능이에요. 도대체 어떤 내성을 말하는 걸까요……?"

김윤미의 표정은 심각했다.

그녀의 옆에는 소환된 백랑이 늠름하게 얼굴을 내민 채, 그녀의 손길을 받아들이고 있었다. 백랑의 오른쪽에 앉은 이유리도 손길을 마다하지 않는 백랑의 털을 쓰다듬어 주며, 이야기를 경청하고 있었다.

"그건 쉽게 유추가 가능해요. 이를테면 화염이라는 속성에 내성이 있다, 그러면 서희 씨의 공격은 하나도 통하지 않거나 혹은 일정 비율이 감소된 데미지가 들어가겠죠."

"만약에 물리 내성이 있다고 하면, 리더의 공격이 위력이 크게 떨어지게 되는 것 아닌가요?"

"그렇겠죠. 그래서 어느 특성이나 형태에 치중된 편성은 위험합니다. 별도의 표기 시스템이 존재하는 것이 아니니까, 싸우면서 해당 변이체가 어떤 내성을 지녔는지 파악을 해봐야 할 것이고."

동원이 사무실 한가운데에 놓인 화이트보드 위에 내성이라는 글자를 적은 뒤, 붉은색 보드펜으로 동그라미를 그리며 한층 더 내용을 강조했다.

내성, 상당히 신경 쓰이는 부분이었다.

"내가 볼 때, 지능은 그 생각이 든다. 이 변이체들의 목적이 단순히 살상만이 아닐 수도 있어. 지금까지의 변이체들은 무조건 인간이나 스피어러들을 보면 달려들었어. 뒤도 돌아보지 않았지."

"생각을 할 줄 안다는 것은 살상 이외의 목적으로도 움직일 수 있음을 뜻하지. 혹은 전략적인 움직임을 가져갈 수 있다는 이야기도 되고."

이정우의 말에 동원이 고개를 끄덕였다.

안내자가 '좀 더 긴장하고'라는 단어를 언급했다는 것은 그만큼 껄끄러운 상대임을 의미하는 것이라 생각했다.

동원은 자신들의 오염지대 탐사, 그리고 포탈 정화가 그들을 자극한 것은 아닐까 생각됐다. 그로 인한 웨이브 발생이 아닌가 싶었던 것이다.

시기적으로도 맞는 부분이 있었다.

물론 지나친 비약일 수도 있겠지만, 이제 포탈 너머의 생명체의 존재를 확실하게 알게 되었으니 따로 떼어놓고 생각할 수가 없었다.

"배치는 이렇게 간다."

동원이 화이트보드 위에 적어 놓은 이름들을 가리켰다. 각 포탈의 위치와 도시, 그리고 분배될 클랜원들의 이름을 적어놓은 것이었다.

사무실이 있는 동원의 동네에는 동원과 이유리만이 남도록 되어 있었고 나머지 인원들은 각각 포탈에 맞게 안배가 되어 있었다.

결국 동원, 이정우, 황찬성, 황찬열, 규현 모두 물리적 타격을 기반으로 하는 스피어러들이었기 때문에, 이전과 달리 뭉쳐 있어서 좋을 것이 없었다.

오히려 각 포탈마다 원만한 화력 지원이 가능하도록 분배하는 것이 좋았던 것이다.

"와, 지방 출장은 내가 가는구만? 괜찮겠어, 서울에 내가 없어도?"

"전혀 문제없다."

이정우의 농담에 동원이 표정 하나 변하지 않고 빠르게 답을 하자, 이정우가 피식 웃으며 고개를 끄덕였다. 이정우는 동원의 스타일을 알고 있었다.

상황에 전혀 맞지 않게 때로는 필요 이상으로 진지하게 대하는 것. 그것이 동원의 개그 코드 중 하나다.

준비는 분주하게 이루어졌다.

웨이브에 공지된 시간에 맞춰 스피어 입장 시간을 조절하던 스피어러들은 저마다 퀘스트를 수행하고는 디펜스에 용이한 물품들을 주로 구매하며 웨이브에 대비했다.

앞서 빅 웨이브를 통해 학습된 것이 있었기 때문에 어떤 식으로 대비하는 것이 가장 좋은지는 스피어러들이 가장 잘 알고 있었다.

게다가 이번 웨이브는 과거에 방관하거나 지켜보는 스피어러들이 많았던 것과 달리, 대다수의 스피어러들이 웨이브에 참여했다.

빅 웨이브 당시 디펜스에 직접 참여했던 스피어러들은 상당한 보상을 손에 넣었기 때문에 이익을 위해서라도 참여하는 스피어러들이 많았다.

그래서 웨이브의 공지에도 불구하고 대다수의 스피어러들은 낙관적인 전망을 하고 있었다.

그 사이에 많은 스피어러들이 폭발적인 상승을 경험했고 충분히 변이체들과 해볼 만하다고 생각하고 있었기 때문이다.

*   *   *

회의가 끝난 뒤, 일행들은 모두 해산하여 각자의 숙소로 돌아갔다.

웨이브가 공지된 이후로 이틀 동안 부쩍 변이체들의 출몰이 늘어 전투를 치르며 누적된 피로가 있는 데다가, 확실히 랭크가 오르기 시작하면서 퀘스트 자체의 난이도도 상당히 높아지고 있었다.

그래서인지 웨이브를 대비하기 위해서라도 다들 체력을 비축하기 위해 수면을 취하고 싶어 하는 모습이었고 필요한 브리핑을 모두 끝낸 동원은 회의를 빠르게 종료하고 팀원들에게 휴식 시간을 가질 수 있도록 했다.

다들 잠을 자러 가는 듯했지만, 황찬성만은 가는 방향이 조금 달랐다.

원래 같았으면 동생 황찬열과 함께 자신들의 숙소로 가야 했지만, 어딘가로 전화를 하며 부지런히 움직이는 모습이었다.

동원은 황찬성이 일전에 한 번 바를 방문한 이후로 김단비와 꾸준히 연락을 주고받고 데이트를 했다는 것을 잘 알고 있었다.

아마도 웨이브를 앞두고 그 전날 밤에 그녀를 만나 술 한 잔을 하며 이런저런 이야기를 하고 싶어서일 것이다.

동원은 그런 부분까지는 말리지 않았다.

사생활이고 스피어러라고 해서 연애를 하지 말라는 법도 없었다.

심지어 지금 자신의 곁에도 잠시 커피 한잔하고 갈 생각으로 들어온 이유리가 있으니, 더더욱 그러했다.

"많이 피곤해 보여요, 오빠."

"이틀 동안 네임드 형 변이체 처리에 퀘스트까지 타이트하게 했더니 확실히 피로감이 좀 있는 듯 해. 그런데 괜찮겠어? 믹스 커피는 싫어하잖아."

"매일 밥만 먹고 살 수는 없어요. 불량식품도 가끔은 먹어주고 그래야죠."

"후후, 이런 커피 마시면 유리가 가장 싫어하는 배가 나올 텐데."

"괜찮아요. 조금쯤은 망가져도. 너무 완벽해도 재미없잖아."

이유리가 커피 잔에 담긴 커피를 들이켜며 말했다. 달리 식탁이 없는 동원의 집은 예전이나 지금이나 똑같이 좁았다.

스피어러로서 생활을 하면서 충분히 큰 돈으로 교환이 가능한 골드바를 마련할 수도 있었고 이정우처럼 한 번에 많은 양의 스피어를 골드바로 교환하여 좋은 집을 마련할 수도 있었다.

　실제로 스피어러들은 매일매일을 죽음에 대한 두려움으로 살아야 했지만, 한편으로는 경제적으로는 풍요로운 삶을 살았다.

　전 세계적으로 금의 시세가 계속 하락하는 추세에 있기는 했지만, 그래도 여전히 금값은 목돈을 마련하기엔 충분했다.

　하지만 동원은 굳이 현실에서의 삶에서 사치를 하고 싶지는 않았다.

　집은 자신이 몸을 누일 수 있는 곳이면 충분했고 여름에는 시원하게 겨울에는 따뜻하게 보낼 냉난방 시설만 있으면 됐다.

　그래서 여전히 작고 허름한 원룸에서 생활을 하면서도 딱히 불만을 갖지는 않았다.

　"어때, 요즘의 생활은. 이제는 좀 할 만해?"

　"왜요? 아직도 예전에 살던 선수로서의 삶에 미련이 있을까 봐요?"

　"없다면 거짓말이겠지. 나도 현실과 타협하는 시간이 꽤 많이 필요했어. 평생 하나만 바라보며 살아왔던 사람이 다른 것을 쳐다보기까지는 시간이 걸리는 법이니까."

　"괜찮아요. 이제는 선수로서의 생활보다 더 중요한 일이,

그리고 사명감을 가지고 해야만 하는 일이 있잖아요. 아쉬움은 있지만, 후회는 없어요. 되돌아가고 싶은 마음도 없구요. 스피어러로서의 삶이 한가해진다면 모를까, 점점 더 정신이 없어지는걸요."

"앞으론 편히 쉴 날이 더 줄어들지도 몰라. 당장에 이번만 하더라도 오염지대 탐사, 그리고 웨이브 예고 이후에 변이체들의 출몰이 대폭 증가하기 시작했어. 이 모든 건 우연의 일치가 아냐, 변화가 일어나기 시작한 거지."

"전면전이 될까요?"

"가능성을 배제할 수는 없어. 요 몇 주 사이에 많은 것이 빠르게 바뀌고 있어. 모두가 놀랄 만한 정보도 얻게 됐고."

"하아… 그런데 그것보다 오빠 집은 정말 따뜻해요. 특히 이렇게 이불로 다리를 꼭 덮고 있으니, 몸 아래가 따뜻해서 절로 눈이 감기는 것 같아."

이유리가 다리 위로 덮고 있던 이불을 쭉 위로 끌어당겼다.

평소에는 주로 트레이닝복 차림으로 움직이던 그녀였지만, 오늘은 앞서 부모님을 만날 일이 있어 블라우스에 치마, 그리고 살색 스타킹을 신은 채로 회의에 참석했던 것이다. 바로 회의에 참여하다보니 옷을 갈아입을 새가 없었고 동원은 이유리를 만난 이후 처음으로 그녀가 치마를 입은 모습을 볼 수 있었다.

다만 아직 날이 풀리지 않아 여전히 쌀쌀했고 때문에 그녀는 추위를 타는 모습이었다. 혼자 있을 때는 좀처럼 난방을 하지 않는 방에 온도를 올린 것도 이유리를 위해서였다.

"스페셜 스피어는 이제 하나 남은 건가?"

"하나 남았어요. 하나만 더 모으면 버프를 구매할 수 있을 것 같아요. 그 사이에 품절이 되면 다른 차선책을 찾아봐야겠지만, 그래도 상관없어요."

"가장 좋은 시나리오는 이번 웨이브에서 스페셜 스피어를 챙기는 거겠고."

"그렇죠. 스페셜 던전 입장 기회는 이제 다음 랭크 때까지는 없으니까요. 빨리 모으고 싶어요. 여전히 화력에서 아쉬운 부분이 많거든요. 팀원들이 목숨 걸고 정면에서 변이체들을 상대하는 동안 한 발이라도, 그리고 더 강력한 일격을 한 번이라도 더 밀어 넣어야 위험에 빠지지 않게 할 수 있으니까."

"이번에 포탈에서 나오게 될 스페셜 스피어의 분배 첫 순위가 나니까, 이번에 나오면 유리가 가져가도록 해. 나와 순서를 바꿔서."

"아니, 그럴 필요는 없어요. 오빠, 저는 특혜 같은 건 바라지 않아요. 이건 배려가 아니라 챙겨주는 거잖아. 그러지 않아도 돼요."

"내 걸 주겠다는 게 아냐, 순서만 바꾸자는 거지."

"제가 아니더라도 스페셜 스피어를 한시라도 빨리 얻고 싶어 하는 클랜원들은 많아요. 괜찮아요, 오빠. 마음만 받을게요. 오빠의 중심을 흔들고 싶지 않아요. 알잖아요, 오빠한테 이미 많은 신세를 지고 있다는 것."

이유리가 미안함이 섞인 눈빛으로 동원을 바라보았다. 충분히 동원으로부터 많은 도움을 받았고 이유리는 더 이상 백마 탄 왕자님만을 바라보며 그의 도움을 기다리는 공주 노릇을 하고 싶지는 않았다.

자신을 도와주려고 하는 동원의 마음을 확인한 것만으로도 행복하고 고마웠다.

"내일 이 시간에는 눈코 뜰 새 없는 전투가 벌어지고 있겠군. 내일도 늘 그랬듯이 뒤를 부탁해. 정면은 내가 맡을 테니."

"걱정 마요, 오빠. 최선을 다해서 보조할게요."

이유리가 고개를 끄덕이며, 옆에 앉아 있는 동원의 어깨에 살포시 머리를 기대었다. 그리고 바랐다. 오늘도, 내일도, 그리고 먼 미래에도 이렇게 좋아하는 사람의 곁에서 함께 여유를 즐길 수 있는 삶이기를.

그렇게 시간은 또 빠르게 하루가 지나가고.

공지된 웨이브가 한 시간 앞으로 다가왔다.

모든 스피어러의 스피어 입장 대기 시간이 사라지고 웨이브 준비를 위한 일련의 작업들이 진행됐다.

그 사이에 스피어에 대한 1일간의 자동 루팅 버프도 적용됐다.

본격적인 웨이브 대비.

스피어러들은 늘 그랬듯이 웨이브에 대한 대비만 충분히 하면 될 것이라 생각했고 준비 작업은 착착 진행되어가고 있었다.

찌릿. 찌리릿.

동원의 건틀릿이 반짝였다.

어느새 30분 앞으로 다가온 웨이브에 방벽 주변의 스피어러들은 분주하게 움직이고 있었다.

정부가 지난 빅 웨이브 이후 최우선적으로 시작한 방벽 작업 덕분에 전국의 모든 포탈 근처에는 이렇게 5m 정도 높이의 두꺼운 콘크리트 벽이 구축되어 있었다.

최근 정부의 발표에 따르면 추가 예산을 편성해서 방벽의 높이를 더욱 높이고 내구성을 높일 수 있도록 2차 방벽 작업을 이어나갈 예정이라고 했다.

스피어러와 시민들은 당연히 모두 환영했다.

좀 더 변이체들을 잡는데 집중할 수 있고 시민들 입장에 선 더 많은 안전을 보장받을 수 있기 때문이다.

아마도 서울권을 시작으로 2차 방벽 구축 작업이 시작될 것이니만큼, 작업에 착수하게 된다면 동원이 있는 이 포탈 도 빠른 시일 내에 변화가 있을 터였다.

"리더, 방벽에는 문제없습니다. 균열이나 부실한 부분도 없고 계속 관리해 온 덕분에 지하의 빈틈이라든가 그런 것 도 없습니다. 깔끔합니다."

"수고했다. 성우, 잘 부탁한다."

"아닙니다, 리더. 저야말로 잘 부탁드릴 따름이죠."

지난 스페셜 던전에서 인연을 맺은 전성우는 착실한 사 람이었다.

비록 클랜 내에서 두각을 드러내며 활약할 정도는 아니 었지만, 이렇게 동원이 굳이 어떤 일을 시키지 않아도 알아 서 빠르게 움직였다.

일찌감치 방벽의 상태를 확인하기는 했지만, 그래도 한 번 더 확인해서 나쁠 것은 없었다.

놓친 부분이 있을 수 있으니까. 전성우는 동원의 걱정을 그렇게 한 번 더 덜어주었다.

"음……."

동원이 정면에 보이는 붉은 포탈을 보며 생각에 잠겼다. 예전에 보던 포탈은 그저 그림의 떡처럼 가까이 다가갈 수 없고 다가가면 죽고 마는 미지의 세계처럼 느껴졌었다.

하지만 지금은 다르다.

원한다면 성큼성큼 걸어가 저 안개지대를 뚫고 안을 볼 수 있었다. 이번 웨이브를 잘 막고 나면, 그렇게 탐사해 볼 기회가 있을지도 모른다.

드르르륵. 드르르륵.

시간차를 두고 동원에게 톡과 연락이 도착했다. 준비를 완벽하게 마쳤다는 다른 곳의 연락이었다.

클랜에 빠르게 동화된 덕분에 클랜원들은 서희를 비롯해서 규현, 이정우, 황찬성, 황찬열 할 것 없이 그들을 믿고 잘 따르고 있었다.

랭크나 가진 힘만 믿고 으스대지 않고 사람 대 사람으로 다가가는 것이 그들의 방식이었기 때문이다. 그래서 모두가 흩어져 각기 다른 포탈을 관리하고 있어도 클랜원들 사이에선 별다른 불만이 없었다.

"긴장이 좀 되긴 하네요. 지난 빅 웨이브 때는 참여하지 않았었으니까."

"그때는 아무런 사전 지식이 없는 상태로 싸웠었으니 지금이 훨씬 나을 거야. 너무 걱정할 것 없어. 최선을 다해 이곳을 수성하면 돼."

"알겠어요."

이유리가 빈 활시위를 두어 번 퉁기며, 포탈 앞의 어디론가 날아갈 자신의 화살을 가늠해 보는 모습이었다.

점점 웨이브 시간이 가까워지자, 스피어러들도 다시금 몸을 풀고 무구를 고쳐 쥐며 대비를 하는 모습이었다.

동원도 아직 쌀쌀한 밤공기에 살짝 굳은 몸을 풀어주고자, 이리저리 몸을 흔들며 다시 열을 올렸다.

시간은 빠르게 지나갔다.

어느덧 예고된 웨이브의 시간이 1분 앞으로 다가왔다.

"후우. 하아. 후우. 하아."

모든 스피어러들의 시선이 포탈에 집중되고 동시에 주변에서는 숨소리만이 흘러나왔다. 다른 소음은 없었다.

"모두 집중!"

동원이 다시 한 번 주의를 환기했다.

이미 모두가 집중하고 있었지만, 다시 한 번 긴장감을 불어넣으려는 의도였다.

캬악. 캬악. 캬아아악.

이내 포탈 안에서 소리가 새어나오기 시작했다.

단번에 알아차릴 수 있는 변이체들의 소리였다.

이윽고 시간이 빠르게 흘러 스피어에 표시되는 웨이브의 시간이 0이 되는 순간.

케에에에에에!

기다렸다는 듯이 웨이브가 시작됐다.

제12장
웨이브(Wave)

“…….”

캬아악! 캬아악!

웨이브가 시작되는 순간, 모든 스피어러들의 표정이 흙빛으로 변했다. 거의 인해전술이라고 해도 무방할 정도로 엄청난 수의 변이체들이 쏟아져 나왔기 때문이다.

포탈에서 거의 토해내다시피 쏟아져 나온 변이체는 인간의 모습을 했으나, 온몸이 끈적한 점막으로 둘러싸여 있는 특이한 개체들이었다.

쏟아져 나온 변이체들은 동원을 비롯한 스피어러들이 위

치해 있는 방벽 정면을 향해 맹렬하게 달려들었다.

휘리리리릭, 푸욱!

끄엑!

그 사이, 이유리가 날린 불속성의 화살이 최전방에서 달려오던 변이체의 가슴팍에 명중했다. 하지만 여기서 바로 스피어가 예고하던 '내성'에 대한 증거가 드러났다. 이유리의 화살이 명중하여 상처를 입히는 데에는 성공했지만, 불의 속성이 부여되었음에도 불구하고 불길이 빠르게 사라졌던 것이다.

애초에 불길에 일정 기간의 지속을 위한 지혜와 정신력이 투입되는데, 그 불길이 아무 조치를 취하지 않았음에도 사라졌다는 건 내성이 틀림없었다.

이렇게 되면 서희처럼 모든 기술이 불에 특화되어 있는 스피어러들은 고전할 수밖에 없다. 하지만 다행히도 물리적인 공격에 대한 내성은 아니었고 동원은 미련 없이 변이체들 사이로 뛰어들었다.

그중에 기세가 좋은 한 놈이 동원을 노리고 주먹을 뻗어왔다. 이 정도는 동원에게는 약하디 약한 수준이었다.

쉬이익, 뻐억!

우드드득!

동원이 가볍게 공격을 피하며, 그대로 카운터가 발동된

상태에서 턱 아래를 후려치자 뼈가 으스러지는 소리가 나며 변이체의 얼굴이 무너져 내렸다. 하악(下顎)이 순식간에 가루 신세가 되어버린 것이다.

동원의 양 옆으로 늘어선 클랜원들 역시 열심히 움직이며 싸우고 있었다. 변이체들의 수가 너무 많아 시야 확보가 안 될 정도였지만, 변이체들 자체는 그리 강하지 않았다.

특히 동원이나 이유리에게는 그저 연습용 샌드백처럼 느껴질 정도였다. 하지만 워낙에 수가 많다보니 처리하는 것 자체가 고역이었다.

점막 형태의 인간형 변이체는 불에 대한 내성이 있음이 확인됐다. 동원은 이들의 모습과 내성에 대해 다시 한 번 기억을 해두고는 전투에 전념했다.

"어? 오빠, 저쪽에!"

바로 그때.

방벽 뒤의 언덕길 쪽에서 고지대(高地帶)를 점하고 화살 공격을 퍼붓던 이유리가 포탈 쪽을 가리켰다. 그녀의 눈에는 보이는 위치였지만, 동원에게는 보이지 않았다.

변이체들이 달려들면서 시야를 가린 데다가, 어떤 놈들은 앞의 동료를 타고 넘어 도약을 하면서까지 달려들고 있는 탓에 시야 확보가 원활하지 못했던 것이다.

"뭐야?"

"붉은색 본체를 가진 변이체들이 방벽 서쪽으로 달려가고 있어요!"

"방벽 서쪽은 막혀 있을 텐데?"

쿠웅! 콰앙! 쿠우우웅!

동원의 말이 끝나기도 전에 방벽 서쪽에서 거대한 폭음이 일며 연기가 피어올랐다. 동시에 지축이 심하게 뒤흔들렸다.

쿠웅! 콰앙! 쿠콰쾅! 쾅! 쾅!

폭음은 끊이지 않고 계속해서 터져 나왔다. 하지만 이미 정면에서 끊임없이 몰려들고 있는 이 변이체들을 상대하느라 동원은 다른 곳으로 빠질 여력이 없었다.

이미 진형이 대치구도로 완성이 되어 있는 상태이기 때문에 동원이 마음대로 빠지기에도 곤란했다.

"리더, 제가 가보겠습니다! 제가 파악해 볼게요!"

마침 뒤쪽 진영에 자리를 잡고 있던 전성우가 소리쳤다.

"바로 가봐!"

"예!"

전성우가 재빠르게 방벽 서쪽으로 움직였다. 폭음이 일어나고 방벽이 심하게 뒤흔들렸다는 것은 다른 이유를 생각할 수가 없는 상황이었다. 말 그대로 방벽이 무너진 것이다.

동원은 보지 못했지만, 이유리는 직접 두 눈으로 볼 수 있었다. 인간형 변이체가 쏟아져 나오는 동안, 그 사이에 섞여서 포탈을 넘어왔던 이른바 '자폭형 변이체' 들이 방벽 서쪽으로 돌진한 것이다.

이들의 모습은 마치 첫 파티 플레이에서 보았던 미니 웜들의 모습을 연상하게 했다. 푸른색이었던 몸이 붉게 변하면, 몇 초 지나지 않아 그대로 폭탄처럼 펑 하고 터져 버렸다. 그 전에 자폭형 변이체들은 방벽으로 질주해서 자신들의 몸을 부딪힌 뒤, 벽에 가장 몸을 밀착시킨 상태에서 터져 버렸다.

한두 명 정도로는 방벽에 영향이 가지 않았지만, 문제는 순식간에 포탈을 넘어와 불어난 자폭형 변이체들이 그대로 방벽으로 달려가면서 부터였다. 수십의 변이체가 한 번에 폭발하자, 그 두꺼웠던 방벽이 아이스크림처럼 녹아 내렸다.

"젠장, 이런 식으로 발이 묶여 버리면 곤란한데."

동원이 입술을 질끈 깨물었다.

자폭형 변이체들은 딱 방벽 한쪽을 무너뜨릴 정도로만 나온 뒤, 더 이상 나오지 않았다. 그리고 계속 이어져서 나오는 변이체들은 첫 번째로 나온 점막 형태의 인간형 변이체처럼 내성을 가진 개체들이었다.

물리공격에 내성을 가진 변이체들도 등장했다. 그나마 다행인 것은 이 내성이 100% 데미지 감소가 아니기 때문에 어느 정도의 공격은 충분히 먹혀들어갔고 처리하는 것 자체는 어렵지 않았다.

빅 웨이브는 변이체 하나하나가 진땀을 뺄 정도로 고전하게 만드는 구석이 있었지만, 이번 웨이브는 아니었다.

문제는 눈코 뜰 새 없이 쏟아지는 변이체들의 수였다. 상대는 할만 했는데, 모든 스피어러의 발이 묶여 무너진 방벽 쪽을 신경 쓸 수가 없었다.

점점 수가 줄어들기는커녕 계속해서 입구로 밀물처럼 몰려들고 있었고 여기저기서 변이체들이 죽어나가고 있었지만, 그 이상으로 변이체들이 쌓였다.

"하… 뭔가 잘못됐다."

알고 있지만 움직일 수 없는 답답한 상황이 계속되는 가운데, 무너진 방벽 쪽의 상황을 살피던 이유리도 변이체들의 공세가 가속화되면서 더 이상 그쪽의 광경을 지켜볼 수 없게 되었다.

우선은 입구가 뚫리고 이 엄청난 변이체들이 시내로 쏟아져 나오면 그때부터가 더 위험했다. 무너진 방벽으로 새어나갈 몇몇 변이체들보다는 입구가 더 중요한 상황. 동원은 우선순위를 입구 방어에 둘 수밖에 없었고 이런 결정은 거의 대부분의 포탈을 지키고 있는 리더나 책임자들이 동시에 내리고 있었다.

*　　　*　　　*

맹공은 계속됐다.

수많은 변이체들이 죽어 나갔고 방벽 입구에는 계속해서 변이체들의 시체가 쌓였다가 사라지기를 반복했다.

스피어러들은 격전을 벌이고 있었다.

동원도 대기시간이 오는 족족 파워 웨이브를 퍼붓고 초기화가 이뤄질 때에 맞춰 피니쉬를 날렸지만 인해전술에는 장사가 없었다.

게다가 동원이 좀 더 적극적으로 파고들 때면 광역 공격이 이어진다는 것을 깨달았는지, 변이체들은 동원이 깊숙하게 파고들 때마다 대열을 분산시켰다가 다시 모이기를 반복하면서 동원의 광역 공격 효율을 깎아냈다.

그것은 다른 스피어러들의 공격에 대한 것도 마찬가지여서, 광역 공격을 할 때면 마치 궤적을 예상이라고 하고 있는 듯이 쭉 빠졌다가 다시 들어오기를 반복했다.

전투 자체는 할 만했다.

빅 웨이브와는 달리 네임드 형의 몬스터도 존재하지 않

왔고 우선 부딪히고 있는 변이체들의 내구성이 크게 떨어졌다. 마치 어떤 목적을 위해 '소모'하려는 것처럼 느껴질 정도로.

만약 웨이브 자체가 목적이었고 스피어러들을 제거하는 것이 목적이었다면… 빅 웨이브 때처럼 강력한 변이체들을 얼마든지 내보낼 수 있었을 터였다.

그래서일까?

동원은 뭔가 심상치 않은 느낌이 들었다.

바로 그때.

꺄아아악! 으아아악!

비명 소리가 들려오고 저 멀리 무너진 방벽 사이를 파고들어와 맹렬히 포탈로 돌진하고 있는 매우 빠른 변이체들의 모습이 동원의 시야에 아슬아슬하게 들어왔다.

그리고 동원은 볼 수 있었다.

변이체들의 등 뒤, 혹은 우락부락한 양손에 무언가가 들려진 채 함께 포탈로 향하고 있음을. 그 '무언가'는 바로 사람들이었다. 민간인이었던 것이다.

"함정이었어!"

동원이 소리쳤다. 그리고 여전히 계속해서 몰려드는 변이체들 사이로 파고들며, 전진하기 위해 전력을 다했다. 하지만 변이체들은 물러서지 않았고 계속해서 시간이 지체됐다.

저 멀리 시야 너머로 전성우가 변이체들의 뒤를 쫓으며 분전하고 있는 것이 보였지만, 그 역시 추격에 한계가 있었고 안개 속으로 빠르게 사라지는 변이체들을 끝까지 쫓을 수 없었다.

안개 속으로 이끌려 들어가면 바로 비명을 내지르며 죽을 것이라 생각했던 민간인들에게서 다른 소리는 들리지 않았다.

그들은 변이체들의 손에 이끌려 들어가기 전에 무언가에 흠뻑 젖은 듯이 축축한 상태로 있었는데, 아마도 그로 인해 안개에 대한 면역이 이루어진 것 같았다.

그렇게 포탈을 통해 10여 명 정도의 민간인들이 납치당했다. 어떤 사람들이었는지까지 면면을 파악할 수는 없었지만, 확실한 것은 이번 웨이브는 주 목적이 웨이브가 아니었다는 점이었다.

스피어, 그러니까 안내자의 입장에서는 감지된 웨이브를 안내해 준 것이었고 저들이 어떤 계획을 가지고 있는지 까지는 알지 못했다. 그것은 당연한 일이었다. 웨이브 자체를 발생시키는 것은 스피어가 아닌 포탈 너머의 외계 생명체들이었으니까.

동원이 있던 포탈 쪽에서 납치된 민간인들이 그 정도 수가 됐으니, 아마 다른 포탈의 상황도 크게 다르지 않을 것 같았다.

차라리 시가지에서 멀리 떨어진 곳이거나 아예 외진 곳이라면 피해가 적었겠지만, 이렇게 주거지대 근처에 있는 포탈이라면 충분히 많은 민간인들이 피해를 봤을 가능성이 컸다.

나름 든든하게 믿었던 방벽은 전혀 예상치도 못했던 자폭 공격으로 인해 무너져 버렸다.

방벽 전체로 봤을 때는 극히 일부가 무너진 것에 불과했지만, 그 틈을 비집고 나간 변이체들이 있었고 상황은 벌어졌다.

더 이상 이 두터운 방벽도 한 겹으로는 만족할 수 없는 상황이 된 것이다. 이런 식이라면 이중, 삼중의 대비를 해야 하는 것은 물론이고 콘크리트보다 더 오래 버틸 수 있는 구조물로 만들어야 했다.

웨이브는 빠르게 종료되었다.

목적을 달성한 변이체들은 더 이상의 공격을 하지 않고 신속하게 포탈을 통해 사라졌다. 처음으로 포탈을 넘어온 변이체들이 죽을 때까지 싸우지 않고 자신들이 원래 있던 곳으로 되돌아가는 모습을 본 것이다.

서쪽 방벽에서는 여전히 연기가 피어오르고 있었고 무너진 방벽에서 포탈까지 이어지는 동선 위로 민간인들이 떨어뜨린 것으로 보이는 물품들이 줄을 지어 널려져 있었다.

　"하……."

　동원이 한숨을 내쉬었다. 이번 웨이브에서 자신을 비롯해 클랜원 중에서는 단 한 명의 희생자도 없었지만, 예상치 못한 곳에서 문제가 발생한 것이다.

　짧았지만 웨이브는 강력했다.

　워낙에 많은 수의 변이체들이 정면을 공격했고 정말 추풍낙엽처럼 쓰러져 나갔기 때문에 스피어의 획득량만 놓고 보자면 상당한 소득이 있었던 웨이브였다.

　"오빠, 전화 왔어요."

　입술을 질끈 깨물며 포탈을 바라보고 있는 동원은 자신의 주머니에 넣어두었던 핸드폰의 진동이 울리고 있다는 사실마저 잊어버렸다.

　유리가 몇 번이고 동원을 흔들고 나서야, 전화가 왔다는 사실을 알아차리고는 주머니에서 핸드폰을 꺼냈다. 발신자는 황찬성이었다.

　"찬열아."

　─형님. 큰일, 큰일 났습니다. 지금 바로 확인해 주실 수 있습니까?

황찬성의 목소리는 그 여느 때보다도 다급해 보였다.

"말해 봐. 어떤 일인지부터 확인하자."

—단비, 단비가 납치된 것 같습니다. 웨이브 도중이라 제대로 통화를 할 수는 없었지만, 분명 단비의 목소리였고 비명 소리가 들렸어요. 변이체들의 숨소리도 수화기 너머로 들렸구요. 아무래도 단비가 납치된 것 같습니다.

"단비 씨가?"

—예, 만약 납치됐다면 그쪽 포탈입니다. 아무래도 느낌이 좋지 않습니다. 확인을 해주셨으면 합니다!

황찬성은 최대한 마음을 진정시킨 상태로 말을 이어가고 있었지만, 말끝은 계속해서 떨리고 있었다.

웨이브 도중에 그녀에게 걸려온 전화에 불길한 예감을 느끼고 치열한 전투의 와중에 겨우 전화를 받은 황찬성은 수화기 너머에서 애타게 자신의 이름을 부르는 김단비의 목소리를 들었다.

—살려주세요, 찬성 씨, 꺄아아아악!

이게 황찬성이 마지막으로 들은 그녀의 목소리이자 내용의 전부였다. 그리고 더 이상 그녀의 목소리는 들리지 않았고 변이체들의 거친 숨소리만이 몇 번 들리다가 전화가 끊어져 버렸다.

"알았다. 내게 번호를 알려줘. 이쪽 포탈부터 찾아보겠다."

─예, 꼭 부탁드립니다. 이쪽 상황 정리되는 대로… 하아, 보고드리겠습니다.

　말끝을 맺는 한숨 소리에서 황찬성의 심란한 마음이 느껴졌다. 전화를 끊고 이내 황찬성에게서 김단비의 번호가 도착했다.

　동원은 혹시나 남아 있는 변이체들이 없나 살피는 한편, 김단비에게 전화를 건 상태로 포탈 방향으로 천천히 움직였다.

　김단비가 살던 집은 이 포탈에서 멀지 않은 위치였고 때문에 황찬성이 원룸을 구한 것도 그녀의 집 근처였다.

　그녀와 황찬성 사이에 호감이 오고 갔던 것은 첫 만남부터였다.

　그리고 아직 공개하지는 않고 있었지만, 두 사람은 이제 막 교제를 시작한 단계였다.

　즉, 연인이었던 것이다.

　혹시나 걱정이 됐는지 이유리가 조용히 동원의 뒤를 따르며 주변을 살폈다.

　어딘가에 전화를 걸고 있었기 때문에 혹여나 변수가 생겼을 때, 빠르게 대처하지 못할까 싶은 걱정에서였다.

　동원은 계속해서 전화를 걸었다.

　일단 전화를 받지는 않은 상태. 연결음은 계속 들리고 있었다. 1분이 지나면 소리샘으로 넘어가기 때문에, 1분이 지나면 다시 전화를 걸어야 했다.

그렇게 연속으로 전화를 걸기를 수차례.

동원은 차라리 들리지 않기를 바랐던… 소리를 포탈에서 멀리 떨어지지 않은 곳에서 들을 수 있었다. 정확하게 말하자면 방벽 바로 앞에서였다.

"……."

바닥에 떨어져 있는 핸드폰 화면으로 자신의 번호가 뜨고 있다. 단비를 알고 지내기는 했지만, 연락처를 주고받은 관계까지는 아니었다.

그래서 화면 위로 무심하게 뜨는 열한 글자의 핸드폰 번호가 더 가슴 아프게 다가왔다.

핸드폰이 떨어진 자리 근처로는 변이체들의 발자국, 그리고 놈들이 흘린 것으로 보이는 타액들이 어지러이 흩어져 있었다.

"혹시 찬성 오빠의 그분이……?"

이유리도 짐작 가는 바가 있는 듯 물었다. 동원이 고개를 끄덕였다.

찬성이 대놓고 말만 하지 않았을 뿐, 공공연히 김단비에 대한 이야기를 해오며 그녀와 진전되고 있는 관계에 대해 넌지시 언급을 한 적이 많았기 때문에 이유리도 김단비의 존재를 알고 있었다.

우연히 그녀의 핸드폰이 방벽 안에 떨어져 있을 확률은 없다.

그녀가 직접 방벽 너머로 핸드폰을 던지지 않은 이상, 여기에 핸드폰이 떨어져 있으려면 황찬성이 생각하는 대로 납치를 당하지 않고서는 힘든 것이다.

"일단 상황부터 수습하자. 이야기는 그 이후에 해야 할 것 같다."

"알겠어요. 부상자 상황부터 먼저 점검할게요."

"······."

자신과 마음을 나누었던 사람까진 아니더라도, 매주 퇴근길을 함께하며 정이 들었었던 김단비였다. 그리고 이제는 황찬성이라는 듬직한 동생을 만나, 사랑의 결실을 맺어 가던 그녀가 아니던가.

그나마 불행 중의 다행이라면 어떤 특수한 처리가 된 덕분에 안개를 통과하는 과정에서 죽거나 변이가 이루어지지 않았다는 것이다.

알려진 대로라면 안개에 진입하는 그 순간부터 몸이 타들어 죽어가든, 변이가 이루어지든 해서 고통스런 비명 소리가 들려와야 했다.

하지만 그런 소리는 들리지 않았다.

즉, 아직까진 김단비가 포탈 너머의 장소에서 살아 있을 수 있다는 이야기였다. 동시에 동원의 동료들은 안개에 대한 내성을 오염지대 탐사를 통해 획득한 상태였다. 넘어가 볼 수 있다는 이야기다.

일단 동원은 웨이브 전후의 상황을 수습하는 것에 주력하기로 했다.

앞뒤 가리지 않고 움직이기에는 파악해야 할 것들이 많았다. 블랙 헌터의 관리 포탈은 이곳 하나만이 아니었기 때문이다.

*　　　　*　　　　*

웨이브 종료 이후.

매스컴에서는 민간인들의 납치를 대대적으로 다루기 시작했다. 웨이브 당시의 상황이 촬영된 영상이 함께 보도된 덕분이었다.

불가항력이었다.

인해전술로 밀어붙이는 변이체들 앞에서 스피어러들은 그래도 입구를 막을 수밖에 없었다. 방벽의 입구가 무너지면, 그때부터는 상상을 할 수 없을 정도로 많은 변이체가 시내로 쏟아져 나오기 때문이다.

정부에서는 국가 차원에서 대대적인 방벽 보수 및 추가 건축 작업을 서두르겠다고 발표했다. 이를 위해 비상 국회가 소집됐고 곧 관련된 특별 예상 추가 편성이 무리 없이 통과될 예정이라는 소식이었다.

사람들은 과거보다 더 공격적이고 지능적으로 변한 변이체들의 모습에 두려움을 느꼈다. 그것은 스피어러들도 마찬가지였다.

과거에는 살상 하나만 프로그래밍된 것처럼 움직이던 변이체들이 이제는 전략적으로 전진과 후퇴를 반복하고 시선을 교란시키며 원하는 바를 이루어냈다.

게다가 목표를 달성하자, 미련도 두지 않고 모두 포탈을 통해 빠져나갔던 것이다.

수습은 빠르게 이루어졌다.

블랙 헌터 소속 클랜원들 중에 희생자는 없었다. 부상자가 다섯 있기는 했지만 경미한 수준이었고 나머지는 체력적인 소모가 있었지만 그 외의 문제는 없었다.

블랙 헌터의 사무실에는 이정우를 제외한 모든 동료가 신속하게 모였다. 이정우는 좀 더 상황을 살펴보기 위해 남아 있는 중이었다.

그나마 이정우가 있던 곳은 방벽을 뚫고 나간 변이체들

이 민간인들이 사는 곳까지 접근하기 위해서 시간이 걸렸던 탓에 중간에 몇몇 민간인들을 구출하는데 성공했다고 했다.

시기적절하게 사용한 이정우의 얼티밋 덕분에 가까스로 납치 직전에 두 사람을 구출할 수 있었던 것이다.

그들의 증언에 따르면 갑자기 나타난 변이체들이 자신들을 들쳐 업은 뒤, 달려가는 와중에 몸 위로 무언가 걸쭉한 액체를 뿌렸다고 했다.

그러자 보랏빛의 섬광이 반짝이더니, 이내 몸 전체에 그 기운이 감돌았다는 것이다.

동원은 이것이 민간인들을 납치하면서 안개의 영향을 받지 않게 만든 별도의 처리 과정이라고 생각했다.

그렇게 해야 안개 지대를 넘어 포탈에 들어갈 수 있기 때문이다.

"단비를 구하러 가야 합니다. 이건 분초를 다투는 일이에요. 형님, 저희에게는 안개에 대한 내성이 있지 않습니까. 바로 넘어가지 않으면 단비는 물론이고 같이 납치된 사람들이 모두 죽을 수도 있어요!"

모두가 모인 자리.

황찬성의 표정은 그 여느 때보다도 심각했다.

"진정해. 그렇게 감정적으로 접근할 문제가 아니다. 한 번 더 정보를 입수해야 해. 스피어를 통해서 안내자로부터 충분한 안내를 받은 뒤에 넘어가야 한다는 거다."

"새벽까지 기다리라는 말씀이십니까?"

"포탈 너머에 뭐가 있는지는 너도 모르고 나도 알지 못해. 이 상황에서 아무 대책 없이 넘어갔다가 만약 그쪽 포탈 앞에 변이체들이 함정이라도 깔아놓았다면 어떻게 할 생각이야?"

"저놈들이 어떤 놈들인지는 더 잘 아시지 않습니까. 단비, 단비가 납치됐어요. 형님. 잠깐을 망설이는 사이에 죽을 수도 있습니다!"

평소 항상 유쾌했던 황찬성이었지만, 오늘만큼은 얼굴에 걱정과 근심 그리고 불안한 감정이 한가득 담겨 있었다. 동원도 황찬성의 마음이 충분히 이해가 갔다.

자신이었어도 그랬을 것이다. 만약 이유리가 납치당했더라면? 평정심을 유지하기 쉽지 않았을 터다.

"다음 입장, 딱 그때까지만 기다리자. 스피어 안에서 필요한 정보를 전부 수합한 뒤, 바로 넘어간다. 지금은 아니다. 찬성이 네가 지금 어떤 심정인지는 이해하지만, 단비 씨가 지금 이 상황을 지켜보고 있다면… 네가 아무런 대책 없이 자신을 구하러 와주길 바라지는 않을 거다. 무작정 간다고 끝나는 이야기가 아니야. 돌아와야 의미가 있는 거야.

그렇지 않나?"

"하아……."

황찬성이 고개를 떨구었다.

웨이브를 성공적으로 막았다고 생각했는데, 그것은 함정이었다. 변이체들에게 완벽하게 농락을 당했다는 생각이 들자, 분한 마음이 들어 도무지 참을 수가 없었다.

제13장
포탈(Portal)

　민간인 납치 사태는 전 세계적으로 큰 이슈가 됐다. 어느
국가를 막론하고 민간인들이 납치된 사례가 있어, 더 이상
어느 한 나라에 국한된 문제가 아니게 된 것이다.

　동원은 우선 황찬성을 계속해서 진정시켰다. 그리고 동
원을 포함해 안개에 대한 내성을 획득한 동료들이 모두 스
피어에 입장하여 관련된 정보를 얻기 전까지 기다릴 수 있
도록 했다. 동원의 연락에 지방에서 블랙 헌터의 포탈 상태
를 점검하던 이정우도 서둘러 서울로 올라왔다.

　애초에 오염지대에 대한 정보 공개를 하지 않으려고 했

던 동원이었지만, 상황이 이렇게 되니 더 많은 사람을 구할 수 있는 기회를 만들기 위해서라도 오염지대에 대한 정보를 공개할 수밖에 없는 상황이 됐다.

때마침 케인에게서도 연락이 왔다.

원래의 계획대로라면 최대한 오염지대에서의 정보 공개를 늦추며 관련된 재료들을 모아야 했겠지만, 죄 없는 민간인들이 잡혀간 상태에서 이익을 추가한답시고 정보 공개를 하지 않는 건 이치에 맞지 않는다는 얘기였다.

동원 역시 적극 공감했고 오염지대에 관련된 내용은 서희를 통해 정부와 각 언론사, 그리고 스피어러 커뮤니티를 통해 알려졌다.

이 소식에 가장 놀란 것은 가온의 리더 김혁수였다. 바로 동원에게로 전화가 왔다.

─왜 아무 말씀도 없으셨던 겁니까? 이제야 알았습니다. 그런 일이 있었군요.

"오염지대는 확실히 위험한 곳이었습니다. 게다가 아직 대한민국 안에서는 생기지도 않았구요. 그래서 상황을 지켜보고 있었습니다."

─글쎄요. 관련 정보들을 너무 늦게 공개하신 게 아닌가 싶습니다만.

김혁수는 오염지대에서 얻는 결정체를 통해 안개에 대한

내성을 획득하고 포탈을 무력화시킬 수 있다는 사실보다 자신에게 늦게 알렸다는 사실에 감정이 상한듯, 말투가 영 마음에 들지 않았다.

하지만 동원이 일일이 그에게 모든 것을 보고해야 할 필요는 없었다.

그는 대한민국을 대표하는 클랜의 리더일 수는 있어도, 모든 상황의 중심에 있는 책임자는 아니다. 그 역시 동원과 같은 스피어러고 그중에 유독 이름이 잘 알려진 존재일 뿐이다.

"중요한 건 민간인들을 구할 방법이 있다는 겁니다. 마음 같아서는 내성을 획득할 수 있도록 크리스탈 지원을 해드리고 싶지만, 이미 공개된 바와 같이 포탈에 연관된 작업을 하기 위한 대형 크리스탈로 변환이 끝나 여분이 없습니다. 죄송스럽지만 양해 부탁드립니다. 하지만 저희가 빠르게 탐색을 해보겠습니다."

―알겠습니다. 저희는 저희대로 오염지대로 탐사를 떠날 방법을 찾아보지요.

김혁수와의 통화는 길게 가지 않았다.

전화를 하고 나니 오히려 괜히 뒷맛만 찝찝했다. 하지만 김혁수의 감정 하나하나에 신경 쓸 여유가 없었다.

얼마 후, 케인에게 연락이 한 번 더 왔다.

가온에서 히어로즈 클랜에 오염지대 탐사에 관련된 협력 요청이 들어왔다는 것이다.

하지만 리더 데이비스가 단칼에 제안을 거절했고 결국 가온이 다른 클랜과 연합하여 그저께 발견된 것으로 보이는 오염지대 탐사에 나서게 됐다는 소식이었다.

케인의 말에 따르면 클랜의 규모부터 해서 여러 가지로 자질이 부족한 클랜이라 가온에서 고생할 수도 있다고 했다. 하지만 그것은 그들이 알아서 할 일이었다.

히어로즈 클랜 같은 경우에는 정부 차원에서 요청이 와서 곧 포탈을 넘어갈 계획이라고 했다. 생각은 동원과 같아서 스피어를 통해 충분한 정보를 입수한 뒤에 떠날 예정이라고 했다.

스피어는 항상 어떤 새로운 상황이 발생하거나 정보를 입수했을 때, 반드시 스피어 내의 안내자를 통해 알려주는 정보들이 꼭 있었다. 혹은 새로운 능력이나 장치를 주기도 했다.

동원은 이번에도 다를 것이 없으리라 생각했고 빨리 대기 시간이 끝나 스피어에 입장하기를 기다릴 뿐이었다.

시간이 갈수록 초조해하는 황찬성의 모습은 평정심을 최대한 유지하고 있는 동원이 보기에도 너무나 안쓰러웠다.

이윽고 새벽 4시 무렵, 스피어에 입장 가능한 시간이 됐다. 동원은 서둘러 스피어에 입장했다.

*   *   *

쿼스트를 마치고 관련된 스탯 분배까지 모두 마친 동원은 넉넉한 대기 시간을 두고 시온에게서 빠르게 안내를 받고 있었다.

역시 예상대로였다.

시온은 포탈에 관련해서 묻는 동원의 질문에 가장 먼저 손목시계 형태로 된 특수 장치 하나를 소환하여 동원에게 건넸다.

"지구는 스피어라는 시스템의 통제를 받고 있지만, 포탈을 넘어가는 순간부터는 스피어와는 전혀 연관이 없는 세상이 됩니다. 이 특수장치는 그곳에서 제거할 상대방의 시체를 고속으로 처리해서 스피어로 변환할 수 있는 데이터를 획득하게 해주죠. 지구로 돌아온 뒤 스피어에 입장하면 관련된 데이터가 스피어로 환산될 겁니다. 처리 과정에서 금빛이 날 경우에는 아시다시피 스페셜 스피어로 환산이 될 것입니다. 환산 과정에서 시계의 화면을 통해 얻은 스피어가 보일 겁니다."

"스피어와 전혀 연관이 없는 세상이 된다… 그곳에서는

아예 스피어가 존재하지 않는 거야? 이 구체가?"

"그렇습니다."

"정말 완벽하게 분리된 세상이라는 얘기군."

"그렇습니다."

스피어가 존재하지 않는 세계. 물론 스피어라는 시스템
이 어디를 가도 적용될 것이라고 생각하지는 않았다.

하지만 막상 항상 동반자처럼 따라다니던 이 스피어가
포탈 너머에서는 사라질 것이라 생각하니 묘한 기분이 들
었다.

"포탈 너머의 세계는… 지금 이 스피어를 존재하게 만든
문명과는 적이겠지?"

"……."

필요한 정보만 안내하도록 설계된 안내자는 그 이상의
이야기는 절대 해주지 않는다. 시온은 동원을 빤히 쳐다보
고 있었지만, 질문에 답을 해주진 않았다.

"한 가지 알려드릴 수 있는 사실은 지금까지 당신들이 이
곳에서 키워온 힘들이 단순히 지구를 지키는 목적으로 쓰
기에는 아깝다는 것입니다. 지금 이런 상황이 생기게 된 원
론적인 이유는 적어도 그들 때문이니까요."

"그들이라……."

동원은 시온의 말에서 스피어라는 시스템을 만들어낸 개

체들이 포탈 너머의 대상과는 별개, 혹은 적대적인 관계에 있는 존재임을 어렵지 않게 알아차릴 수 있었다.

의도된 단어 선택이었을 수도, 혹은 실수였을 수도 있지만 상관없었다.

"민간인들이 납치됐어. 그들은 우리처럼 별도로 내성을 획득하지 않았지만, 안개를 통과했어. 별도의 처리가 됐기 때문인가?"

"그렇습니다. 변이체들의 외피를 구성하고 있는 아주 얇은 점막이 있는데, 일시적으로 점막을 만들어주는 용액을 뿌린 것입니다. 일주일 정도가 최대 기간이기 때문에, 그 시기를 넘기면 다시 처리를 하지 않으면 안개 지대를 무사히 통과할 수 없습니다."

"역시."

시간문제라는 이야기다. 이 상태로 시간이 흘러버리면 민간인들을 구출한다고 하더라도 데려올 방법이 없다. 혹은 현지에서 같은 처리를 해줄 방법을 알아내야만 한다.

"마지막으로 한 가지만 더. 브리그 어가 통하는 자들이 누구인지 알 수 있을까."

"연관된 외형을 보여드리겠습니다. 이런 외형의 종족들이 주로 브리그 어를 씁니다."

시온은 빠르게 브리그 어를 사용하는 개체들에 대한 모

습을 보여주었다. 그중에는 동원이 오염지대에서 만났던 여성형 개체에 대한 외형도 있었다. 모습을 보니 얼추 짐작은 갔다.

"이 개체들이 아니면 말이 안 통한다는 거지?"

"안 통한다기보다 해당 개체가 브리그 어를 학습하지 않은 상태라면 의사소통이 되지 않습니다. 기본적으로 다양한 언어를 구사하기 때문에 확정할 수는 없습니다."

"이해했다."

일단 사전 정보 조사는 끝났다.

포탈을 넘어가서 있을지 모르는 전투도 무작정 싸우기만 하는 것이 아니라, 처리 장치를 통해 스피어화를 할 수 있다는 점은 다행이었다. 그 나름대로의 동기부여가 되기 때문이다.

*　　　*　　　*

스피어 밖으로 나온 동원은 이유리, 서희, 황찬성, 황찬열, 규현, 이정우, 김윤미가 모인 자리에서 브리핑을 시작했다.

김윤미는 서희의 도움으로 그녀가 가지고 있던 크리스탈을 넘겨받았고 덕분에 스피어 입장에서 내성을 획득할 수 있었다.

김윤미도 안개지대를 통과할 수 있게 된 것이다.

그녀는 아직 C랭크 9단계로 1단계가 부족해 얼티밋을 배우지 못한 상태였지만, 그래도 강력했다. 특히 그녀가 부리는 소환수 백랑은 공격력이 매우 뛰어났다.

그녀가 가진 힘의 9할 이상이라고도 할 수 있는 백랑은 공수에 모두 능해, 김윤미가 위험에 빠지게 만드는 일도 없었다.

"다들 안에서 확인을 했겠지만 그래도 한 번 더 짚고 넘어갈 부분들을 빠르게 얘기하지."

동원은 사무실 한가운데에 놓인 화이트보드 위로 빠르게 내용들을 적어가며, 시온으로부터 얻은 정보들을 나열했다. 궁금할 만한 것들은 모두 시온에게 물어보았기 때문이다.

브리핑은 신속하게 이루어졌고 다들 고개를 끄덕이는 모습이었다.

"포탈을 넘어가는 순간부터 시작되는 거야. 그리고 모든 것은 거기서 새롭게 얻는 정보로 대체되겠지. 긴장만 한다고 해서 될 문제가 아니다. 반드시 살아남겠다는 생각과 절실함이 있어야 해. 경우에 따라서는 포탈을 넘어가자마자 죽을 수도 있어. 각오가 되어 있지 않다면, 언제든 빠져도 좋다. 강요하지는 않겠어."

"참여할게요. 전 고민할 필요도 없어요."

이유리가 바로 손을 들고 말을 이었다. 그러자 마치 기다렸다는 듯이 모두가 손을 들며 참여 의사를 밝혔다. 불과 몇 초만에 전원 참여 의사가 확정된 것이다.

"다시 한 번 물을게. 부담되거나 걱정되는 부분이 있다면 빠져도 괜찮아. 정말이다."

"리더님, 당신만 안 빠지면 전부 참석인 거 아시면서 왜 그래요?"

이정우가 적절하게 추임새를 넣자 동료들이 모두 고개를 끄덕였다. 그러자 황찬성이 앞으로 나서서는 죄송스러운 표정으로 연신 고개를 숙였다.

"죄송합니다. 죄송합니다. 저 때문이시라면… 괜찮아요. 저 혼자 가도 괜찮습니다."

"쇠뿔도 단김에 빼라고 했어. 능력이 있으면 써봐야지. 게다가 단비 씨만 납치된 게 아니잖아. 포탈 너머의 세계에 무엇이 있는지 언젠가는 확인해야 해. 지금이든 나중이든 결국 똑같단 얘기야. 딱히 널 위해서 가는 건 아니야. 신경 쓸 것 없어."

"이게 그 유명한 츤데레… 인가요?"

"동원 씨에게 임대받은 그 검, 다시 돌려줄 거야?"

"아, 죄송합니다."

막간을 이용해 서희와 규현이 만담을 나누고.

황찬성은 다시 한 번 감사 인사를 전했다.

멤버는 확정됐다.

총 8명, 모두 안개에 대한 내성을 가지고 있는 스피어러들이었다. 지금 대한민국에서 유일하게 안개 지대를 돌파할 수 있는 존재들이기도 했다.

"그럼 5분 뒤에 집합. 그사이에 필요한 볼일들을 마저 보거나 준비를 완벽하게 끝내도록."

동원은 차분하게 최종 결정을 내렸다.

*   *   *

그로부터 5분 후.

동원을 포함한 8명의 스피어러는 포탈을 30m 정도 거리 앞에 두고 서 있었다.

무너진 방벽은 임시 수리가 한창이었다. 전성우가 전담해서 클랜원들을 독려하며, 우선 임시로라도 무너진 방벽을 막기 위해 필요한 조치들을 취하고 있었다.

잠깐을 이용해 접속한 스피어러 커뮤니티는 오염지대에 대한 이야기가 거의 도배가 되다시피 터져 나오고 있었다.

그리고 곧 탐사대를 파견할 예정인 가온에 대한 소식부

터 시작해서, 이미 오염지대를 다녀온 동원의 블랙 헌터 클랜에 대한 이야기도 주를 이루었다.

서희는 포탈 탐사가 끝나는 대로 오염지대에 대한 이야기들과 포탈 너머의 정보들을 이용해 대대적인 클랜 홍보 활동을 하겠다고 했다.

동원 역시 적극 동의했다. 동원은 김혁수가 궁여지책으로 선택한 다른 클랜과의 오염지대 탐사 계획이 마음에 걸렸다. 그가 방해가 될 것 같아서가 아니라, 클랜 자체가 위험해지지 않을까 하는 걱정이었다.

블랙 헌터에 비해 뒤쳐졌다는 생각에 다급히 뛰어든 나머지, 앞뒤를 고려하지 않은 건 아닐까 싶었던 것이다. 물론 오지랖일 수도 있었다.

"출발하자."

모두가 모인 것을 확인한 동원이 포탈 쪽을 향해 한 걸음, 한 걸음 내딛기 시작했다.

지금껏 들어설 수 없는 것이라 생각했던 안개 지대.

이제 그 안으로 당당하게 발걸음을 내딛기 직전이었다.

『월드 플레이어』5권에 계속…

초대형 24시 만화방

신간 100%, 샤워실, 흡연실, 수면실(침대석), 커플석, 세탁기 완비

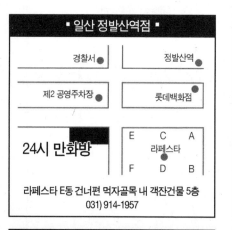
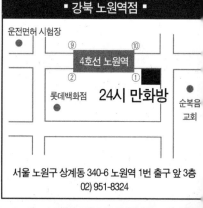

내일을 향해 쏴라

김형석 장편 소설

FUSION FANTASTIC STORY

1만 시간의 법칙!
'성공은 1만 시간의 노력이 만든다'는 뜻이다.

그러나…
사회복지학과 복학생 수.
전공 실습으로 나간 호스피스 병동에서
미지와 조우하다.

1만 시간의 법칙?
아니, 1분의 법칙!

전무후무한 능력이 수에게 강림하다!
맨주먹 하나로 시작한 수의
인생역전이 시작된다!

Book Publishing CHUNGEORAM

환생 마법사

Magician return

빠져나갈 수 없는 환생의 굴레.

그는 내게 마지막 기회를 주었다.

"이 세계의 정점이 된다면…

네가 살던 곳으로 돌려보내 주겠다."

대륙 최고를 향한 끝없는 투쟁!

100번째 삶.

더 이상의 실수는 없다.

가프 장편 소설

관상왕의
1번룸

FUSION FANTASTIC STORY

거대한 도시의 그늘에서 벌어지는
짜릿하고 통쾌한 이야기!

『관상왕의 1번룸』

텐프로의 진상 처리 담당, 홍 부장.
절망적인 삶의 끝에서 만난 남국의 바다는
그를 새로운 인생으로 인도하는데……

쾌락을 원하는 거부, 성공에 목마른 사업가,
그리고 실패로 절망한 사람들이여,

여기, 관상왕의 1번룸으로 오라!

Book Publishing CHUNGEORAM

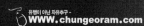
유행이 아닌 자유추구 -
WWW.chungeoram.com

이경영 판타지 장편소설

FANTASY FRONTIER SPIRIT

그라니트
용들의 땅
G R A N I T E

사고로 위장된 사건에 의해 동료를 모두 잃고 서로를 만나게 된 '치프'와 '데스디아'.
사건의 이면에 상식을 벗어난 음모가 있음을 알게 된 둘은
동료들의 죽음을 가슴에 새긴 채 각자의 고향으로 돌아간다.
2년 후, 뜻하지 않게 다시 만난 두 사람은 동료들의 복수를 위해
개척용역회사 '그라니트 용역'을 설립해 다시금 그 땅을 찾게 되는데……

용들이 지배하는 땅 그라니트!
그곳에서 펼쳐지는 고대로부터 이어지는 운명적 만남,
깊어지는 오해, 그리고 채워지는 상처.

『가즈 나이트』시리즈 이경영 작가의 미래형 판타지 신작!

Book Publishing CHUNGEORAM

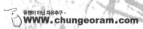

유행이 아닌 자유추구-
WWW.chungeoram.com